关注孩子内心的柔软
讲述生命与爱的时代经典

金芦苇
国际大奖书系

我的蓝色自行车

[韩] 黄善美 著　李树 译

浙江文艺出版社
Zhejiang Literature & Art Publishing House

（本书中文简体版权经由锐拓传媒旗下小锐取得Email:copyright@rightol.com）

本书简体中文版权为浙江文艺出版社独有。

版权合同登记字号：图字：11-2023-306号

图书在版编目（CIP）数据

我的蓝色自行车 /（韩）黄善美著；李树译 . —杭
州：浙江文艺出版社，2024.5
ISBN 978-7-5339-7556-2

Ⅰ . ①我… Ⅱ . ①黄… ②李… Ⅲ . ①儿童小说—
长篇小说—韩国—现代 Ⅳ . ① I312.684

中国国家版本馆 CIP 数据核字（2024）第 075428 号

责任编辑	何晓博	封面插画	李亲亲
责任校对	牟杨茜	装帧设计	吕翡翠
责任印制	吴春娟	营销编辑	宋佳音

我的蓝色自行车

［韩］黄善美 著 李树 译

出版发行	浙江文艺出版社
地 址	杭州市体育场路347号
邮 编	310006
电 话	0571-85176953（总编办）
	0571-85152727（市场部）
制 版	杭州天一图文制作有限公司
印 刷	杭州丰源印刷有限公司
开 本	880毫米×1230毫米 1/32
字 数	68千字
印 张	5.875
插 页	2
版 次	2024年5月第1版
印 次	2024年5月第1次印刷
书 号	ISBN 978-7-5339-7556-2
定 价	32.00元

谢谢你，自行车

我怎么都学不会骑车。父亲为了教我，煞费苦心。父亲总想让我学会骑车，他告诉我说，骑车是一种能让身体健康的锻炼方式。但是我认为，也许是父亲单纯认为小孩子骑着车、活力满满的样子很可爱罢了。

我不会骑车，但我能感受到父亲。那教我骑车时，在后面扶着，说着"没关系，没关系"的父亲；不顾骨折的手，骑了三天的自行车，从仁川赶到平泽的父亲；凌晨胡乱吃两口饭，就要从平泽骑车出发赶往直山工作的父亲；窝在路口的修理店修自行车的父亲；慢慢变老的父亲。父亲自行车上的轮子已经摇摇晃晃，那些艰难困苦的岁月好像也随着轮子就这么晃过去了。

我不觉得不会骑车是件令人羞愧的事。我只是在想，如果那时，我学会了骑车，父亲是不是会欢喜。在他心里，我一直是一个什么都做不好的女儿吧。那时候的我，对骑车这件事没有信心。好像小小的车轮就能把我轧倒。骑车的时候，周围的一切都让我犯晕。拜我的这种"天赋"所赐，我的脚力很好，可以长时间地行走。对于周遭事物，我都能慢慢地去体会。很庆幸，我找到了适合自己的速度。

偶尔我会梦见，自己去路口修理店给父亲送饭。父亲皱着眉对我说："汤凉了！"醒来后，总会感到一丝内疚。但在梦里，还能看见那个已经消失了的地方，这对我来说，也是一种慰藉。但是这种慰藉转瞬即逝，如果爸爸还在该有多好啊。没有岁月可回头，最终只剩下些许回忆罢了。而这本书，就是那些许的回忆。

这是我创作的第一本书，里面有父亲的样子，他能以这种方式再一次出现在这个世界上，真是一件美好的事。

2009 年秋，黄善美

谨以此书献给我学骑车的那天，

在我身后扶着车的父亲。

目录

班长竞选

　　花坛里的杜鹃花冒出了头，但是天气还是没有转暖。因为冷，灿宇的脚麻了。他看着站在窗边表情比天气还冷的老师，感觉脚趾都被冻得失去了知觉。

　　恩雅站在黑板前，她人聪明，字也写得好，因此老师将登记班长候选人的任务交给了她。

　　这时候，平山摇摇晃晃站了起来："我推荐李灿宇。"

　　恩雅一笔一画在黑板上写上了灿宇的名字。

　　平山悄悄转过身，望向灿宇，灿宇一脸尴尬。

　　早先上学的时候，平山就和灿宇说过。

　　"我希望你能当班长，到时候我就推荐你，肯定能得很多票。"

平山抬起尖尖的下巴，望着灿宇笑。

"只要你上了推荐名单，就没问题。六年级的班长，能成为学校代表。就算海伊去拉选票，也赢不过你。"

"你怎么不去给海伊出主意？"

灿宇轻飘飘地说，听见这话的平山露出了不满的神情。

"你这是干吗？成不成做了才知道。你又不是没当过班长，再说，海伊到底行不行还不知道呢！"

海伊是去年班里的班长，但是由于他总是自以为是，同学们对他的评价不太好。除此之外，他还真没什么缺点：成绩好，有魄力，父母也会配合参加学校的活动。

灿宇去年也做过班长，比起海伊，他觉得自己不如的地方太多了。妈妈从来没有参加过学校活动，甚至都没有来和老师碰过面。就连灿宇提出的，买放在教室里的花盆的建议，妈妈也没有照做。想到这些，灿宇更加觉得，自己是不可能当这个班长了。

"平山，我是不会去当班长的。"

没想到，平山还是提了灿宇的名字。

海伊也被同学推荐了。恩雅写海伊名字的时候，灿宇看了看他，海伊的脸上带着志在必得的微笑。接下来被提名的是恩雅。恩雅犹豫着要不要写自己的名字，望向老师。

"既然是同学们的意见，你就写吧。"老师说。

恩雅名字的旁边是淑英的名字，这次竞选班长的候选人一共有四位。

"无论结果如何，都要感谢推荐自己的同学。"老师说话了。

灿宇看着老师的脸，老师总是把胡子刮得很干净，以至于下巴有些发青，加上他四方形的脸型和浑厚的嗓音，总让人感觉很压抑。

灿宇的脑子飞快地转动着，他应该说什么呢？说因为妈妈，所以当不了班长？得找一个大家都能接受的借口。正想着，一个声音打断了他的思绪。

"李灿宇，你干吗呢？这就飘起来了？轮到你了。"

灿宇惊慌失措地站了起来。

同学们都咯咯地笑起来，望向灿宇。灿宇的脸变得滚烫。他吐出一口气，在大家的注视下，向讲台走去。走到台前，他低下眼，看了看低着头望着桌子的平山。

"我不想竞选班长。"灿宇把视线投向老师。老师避开了灿宇的目光，将眼光投向窗外的操场。

"我退出班长竞选。"

说完后，灿宇回到了座位上。

虽然灿宇很希望自己的名字被擦掉，但是恩雅没有这么做。直到竞选结束，他的名字仍留在黑板上，像是对他的嘲笑。

不出所料，海伊自信满满地做了演讲，同学们似乎都很看好他，不知为何，灿宇有一种被全世界抛弃了的感觉。

让人刮目相看的，还要属恩雅。恩雅一字一句、清晰明了地说出了自己的想法。最后，她红着脸以"拜托大家投我一票"结束了演讲。

恩雅的爸爸和奶奶都是药师。在村里，恩雅一家一直都给人以聪明人的印象。恩雅总是在自家的药店里安安静静看书，和朋友聊天的时候，也总是很小声。灿宇一直以为恩雅不善言辞，今天看来，完全不是那么回事。

计票是由其他同学负责的，恩雅回到了自己的座位上。灿宇在选票上写了恩雅的名字，怕给人看见，写的时候他还刻意用手挡住了。

"喔！"

每当有一张女生的选票"意外"出现时，男生们就集体发出不可置信的声音。他们的嗓音又低又粗，女生们纷纷露出了厌烦的神情。

在这次班长竞选中，女生获得的票数比男生的压倒性地多。

海伊脸上的表情越来越不自然，唱票还没有结束，他就低下了头。

恩雅当选了班长，海伊随后也发表了当选副班长的简短演讲。尽管他一副云淡风轻的样子，但是当他和灿宇的目光对上的时候，眼里似乎闪过了一丝怨恨。灿宇心里立刻感到不是滋味。

"什么嘛，好像我抢了他的票似的。"灿宇不明白，海伊的眼神是何缘故。

"李灿宇，过来一下。"

老师在门外叫了灿宇的名字，他赶忙跟了出去。

老师背对着他，面向走廊外的窗户。

"你不会后悔今天的决定吧?"

灿宇马上明白了老师的意思，放弃竞选班长，意味着可能会失去申请重点中学的机会。只有各个地方学校的优等生才能向重点中学递交申请书。担任过班长的这一事实，显然是一个重要的筹码，但是他自己却放弃了。

"不，我不会后悔。"

"知道了，去吧。"

还没等灿宇问候，老师就转身走了。

灿宇和老师一样，背着手站在窗边，看向外面。平山过来拍了他肩膀一下。

"恩雅竟然当了班长……"

"那又怎么样?"

灿宇无所谓地接了话，平山只好耸了耸肩。就在这时，海伊和几个同学走了过来，在灿宇要进教室的时候，拦住了他。

"你可真让人无语!"

最后，海伊只是撞了一下灿宇的肩膀，就走开了。灿宇假装没听见他的话，心里却泛起了嘀咕。"难道海伊要打架不成?"

放学了，灿宇出了校门，看见海伊骑着自行车和他的几个朋友一起等在那里。尽管海伊没有任何动作，但是灿宇心里总觉得怪怪的。

"喂，你不会生气了吧？其实，有人推荐，心里还是有点开心的吧？是吧？"

平山并排走着，一只手打趣地戳着灿宇肋下，灿宇忍不住笑出声来。

灿宇家三年前搬来这里，灿宇交的第一个朋友就是平山。和平山去抓鸟，灿宇还摔破了头。不过，两个人的关系也因此变亲近了。

平山回了自家开的五金店。路上只剩下了灿宇一个人，他感到有些孤独。"还好有平山这个朋友。"想着这些，灿宇走到了农协仓库，正当他要绕过仓库的拐角时，一辆自行车的前轮出现在视野中，紧接着，海伊站了出来。

"干什么？"

尽管海伊来势汹汹，灿宇也丝毫没有退缩。望着海伊一脸怒气的脸，他大声问。

"我来找你要个说法，我只想和你比试。好男不和女斗，和恩雅一起竞选算是什么事？都是因为你！"

灿宇望向海伊，想对他说完"你最后还不是输给了恩雅"后，就狠狠和他打一架。但话还没出口，英珠跑了过来。

"哥，爸爸来了！"

灿宇大吃一惊。

"爸爸回家了吗？"

爸爸只有在每月发工资的时候才回来一次，在家住一晚后，凌晨就要赶回工地，一家人相见的时间总是很短。这样的情形已经持续三年了。

想到要见到爸爸，灿宇兴奋得像小马驹一样往家跑去。

爸爸回来了

坐在家里的地板上，灿宇瞥见了爸爸的皮鞋。皮鞋沾满黄土，被随意脱在一旁，鞋子周身满是刮痕，鞋跟也磨损得不成样子。

爸爸已经沉入了梦乡，似乎很疲惫。他的每一声鼾声，都会带出一丝酒气，弥漫在房间里。

爸爸的这副模样，灿宇还是第一次见。他的右手缠着绷带，头发凌乱，从脸连着脖颈都脏兮兮的，伸出的左手上全是黑色的油泥。灿宇心里涌起一丝不安，爸爸没有洗漱就睡下了，这是从来没有过的事。

往常，爸爸总是在半夜时，梦一样来到灿宇身边。

早晨一睁眼，爸爸带着微笑的脸就会出现在灿宇床头，他的头发总是被理得利利索索的。有时，灿宇会被窸窸窣窣的塑料袋的声音吵醒，起床时，就能看见正在整理装满食物的袋子的爸爸。

不同往日，爸爸睡得很沉，好像世上任何事都唤不醒他。他归来时的行李，仅仅一个小小的包便装下了。灿宇看着爸爸的脸：他的眼睛紧闭，颧骨高耸。这一瞬间，灿宇觉得爸爸苍老了许多。

"哥，我当班长了！"

英珠从厨房出来，满面笑容。

"我们班支持我的人可是有不少呢。"

英珠很高兴，灿宇却为她担忧起来。妈妈可不会放弃一天的生意去拜访英珠班主任的。

而且，需要经常帮妈妈干家务活，英珠会不会被同学们瞧不起，有没有时间完成班长的工作……这些都是未知数。

"爸爸什么时候回来的?"

英珠脸上的笑容消失了。

"放学回来的时候，爸爸就在了，好像很痛的样子，妈妈早点回来就好了……"

灿宇轻轻地拿起爸爸的皮鞋来到井边。他先用丝瓜络沾了点水，擦去鞋上的泥二，接着用干布抹去水分。家里的鞋油干了，灿宇就哈着气把皮鞋仔仔细细擦干净了。

灿宇都不记得，自己是什么时候开始帮爸爸擦鞋的。

凌晨，星星还挂在天空，爸爸就要走了。他穿着干净的皮鞋，回头望向灿宇，默默地笑着摆摆手，转身离开。直到黑暗完全吞没爸爸的背影，灿宇才会回到被窝里。爸爸的皮鞋踩在石子路上的声音渐行渐远，灿宇也再次进入梦乡，而爸爸回来过的事情就像是一场梦……

刷完鞋子，灿宇进了屋。爸爸已经起来，闭着眼睛靠在墙上，脸上的胡楂给他增加了几分憔悴。

直到英珠把晚饭端来，爸爸也没有睁眼。

"爸爸，吃饭了。"

听见灿宇的话，爸爸微微张开了眼。

"一会儿就吃。"

爸爸的声音干涩，没有生气。英珠望向灿宇，眼里满是担心。三人默默坐在小桌旁，谁也没有先动筷子。

见大家都没动作，爸爸拿起了饭勺，象征性地舀起一勺饭。灿宇和英珠这才吃起来。

妈妈回来了，她先是放下装着鱼的泡沫盒。在脱去散发鱼腥味的外衣的当下，妈妈看见了爸爸的行李，露出了惊愕的表情。

没到发工资的日子，爸爸便回来了，妈妈瞬间感到了不对劲，但她一句话也没说，默默地进了屋。爸爸闭着眼坐靠在里屋墙角。妈妈悄悄地问英珠："爸爸吃了晚饭吗？"

英珠摇了摇头。

"写作业去吧。"

妈妈平静的语气中带着命令。

"妈妈，你吃饭吧。"

"一会儿吃。"

英珠不安地看了看爸爸妈妈，离开了。

灿宇摊开书本，开始写作业，但他的心思全在里屋，通过不时传来的只言片语，灿宇大致了解了爸爸回来的原因。

这些年，爸爸一直在工厂里打工。离开了家乡，只会种地的爸爸，能做的事儿不多。

去年，爸爸在一家大工厂找了个活儿。本来妈妈也觉得是件好事，但爸爸只是个临时工。

"临时工"这个概念，灿宇并不是很明白。只知道，因为是临时工，爸爸的手指受了伤，也不能拿到合理的赔偿。"看来临时工真不是什么好差事。"灿宇想。

"说是给治疗费，到头来只是一个月的工资而已，也没有退休金。慰问金？那么几个子儿，就把人给打发了！"

爸爸的声音突然大起来，灿宇被吓了一跳。

"还好，还好，不干就不干了吧。"

"这算哪门子的还好？"

灿宇心里默默祈祷爸爸妈妈不要吵架。

"以后的日子怎么过……"

爸爸的声音低沉了下去，随着他的一声叹息，屋子里的对话戛然而止。灿宇隐约听见了父亲喉咙里的咕哝声，像是因为疼痛发出的呻吟。灿宇一时不知道该怎么办才好。

"干什么也不是容易的事啊……"

爸爸现在的这个状况，灿宇觉得妈妈会因此大哭一场。然而妈妈连一声叹息都没有。

早先在老家，爸爸干起农活来是一把好手。爸爸有一副好歌喉，每每村里聚会，他都要露上一手。村里有庆祝活动时，爸爸还会敲锣打鼓地跳舞。但是有一天，灿宇一家不得不离开老家。

原因灿宇不是很清楚，只是隐约听到了"把地给舅舅做担保了"这样的话。

舅舅还不起账，把现在这座屋子交出来后，就再也没有出现过。

夜深了，灿宇辗转反侧，怎么也睡不着。里屋的灯一直亮着，灿宇心疼起爸爸来，爸爸背井离乡，又受了伤，该有多么痛啊。

天还没亮，妈妈就去了集市做生意。走之前，她给爸爸做好了蒸螃蟹和炖鱼。螃蟹和鱼一口都没动，妈妈又是只吃了水泡饭和泡菜就走了。

妈妈在市场上卖螃蟹。

螃蟹脚又尖又硬，妈妈的手指被扎得伤痕累累。她用创口贴将手指厚厚缠了几层，即便如此，仍然隐约有血丝渗透出来。

星期天，英珠一大早就忙着洗积攒下来的脏衣服。她将爸爸沾满油污的工作服泡在盆里，灿宇负责用脚踩。爸爸一言不发呆坐在门口，他的脸在阳光的映照下，越发显得没有生气，令人担心。

　　晾好衣服后，英珠在院子的一角挖开一个巴掌大的小洞，将一颗种子埋了下去。

　　"能长出来吗?"爸爸问。

　　"能啊，这是向日葵的种子，我想看看向日葵是不是真的会跟着太阳转。"

　　英珠的声音脆生生的，爸爸在一旁默默地看着英珠。看着爸爸忧郁的样子，灿宇心里一阵难受，他转身进了屋。

　　"灿宇，出来一下。"

　　过了半晌，爸爸在屋外叫了。灿宇赶紧放下手上的书跑了出去。爸爸正别扭地用左手搓着脸和脖子上的肥皂沫，灿宇呆呆地站在一旁，不知道该干什么。

　　"来，帮我擦擦手。"

灿宇蹲下来，开始擦爸爸的手。在冷水里泡了一会儿，手上的污垢已经没了。灿宇还是仔细地擦了爸爸的手背、手腕。随后，他挽起爸爸的袖子，将他的手臂也擦了擦。爸爸的手又大又厚实，灿宇感受到了从爸爸手上传递而来的温暖的力量。

几天后，爸爸去了医院，拆除手上的绷带。回来的时候，爸爸喝了酒，一脸通红，摇摇晃晃地走进来，什么也没说，倒下就睡着了。

给爸爸头下垫枕头的时候，灿宇看见了爸爸受伤的右手。无名指和中指的位置光秃秃的，伤口已经愈合，露出了粉红色的肉。灿宇的心口像被人狠狠地刺了一刀。

要是爸爸的手指像种子一样，睡一觉就能长出来，该有多好啊。

"老鼠洞"店

英珠从前天开始就很不高兴，她请求妈妈给班级买水杯和水壶，被妈妈一口回绝了。

"家里的事都干不过来，还要当什么班长。现在又要买这买那，怎么你哥哥当班长的时候，就没这么多事呢？只要学习好，不就行了？"

怕被爸爸听见，妈妈压低了声音。

英珠压抑的抽泣声，里屋的爸爸一定听见了吧。家里的情况使然，这也是没办法的事。灿宇看着英珠难过的样子，感同身受。

灿宇很想帮英珠，但是零花钱远远不够，且不说美

术课上的颜料用完了要买。就算不买颜料，这点钱也不够买水壶和水杯的。

英珠进了房间，许久也没有动静。担心她的灿宇推开了房门。

"不去学校吗?"

英珠正在用熨斗熨着什么，被灿宇吓了一跳。灿宇以为英珠在房间里哭鼻子，看见眼前的一幕，一时间愣住了。

熨斗下是一张张的纸币，还有一些已经熨平整的，被英珠整理好放在了一边。

"这些都是我平常攒下的钱，我把存钱罐砸了。"

英珠低着头，一字一句地说。

"那这些钱怎么是湿的?"

"......"

英珠没有回答，也没有停止手上的动作。直到熨好最后一张，才收拾好书包，冷冷地走了出去。走到农协仓库的时候，她又停住了脚步。

"哥，对不起，刚才我……"

英珠低着头，鞋子不停地摩擦着地上的泥土。渐渐地，她的声音哽咽了。

"我不想用有味道的钱，我想让那些钱看起来新一点……"

灿宇看着英珠，没有说话。

妈妈给的零花钱，总是散发着鱼腥味，所以英珠把钱一张张地洗过了。英珠咬着嘴唇，努力不让眼泪流出来，但泪珠还是大颗大颗地落了下来。

灿宇摩挲着口袋里的钱，只犹豫了一小会儿，便掏出来递给了英珠。英珠止住了哭泣。

"你不买颜料了？"

"拿去买水壶吧，我可以用平山的颜料。"

"那我就拿去用啦。"

灿宇点点头，英珠如释重负地笑了。

英珠的问题解决了，灿宇却因为美术课没有颜料用犯了愁。早知如此，应该把家里干了的颜料带上的，不管怎样，凑合着用用也能行的吧。

其实美术课上，借同学的颜料来用也不算什么难事。因为上课的时候，老师会让同学们把课桌并到一起，借用平山的颜料很方便。但让灿宇懊恼的是，恩雅坐在他的对面。不好意思抬头不说，用别人的颜料要是被恩雅看见，该多么丢脸啊。

四张桌子的中间放了一盆花，先要把花盆的轮廓描绘下来。

灿宇只拿出了素描本和铅笔。平山望了一眼，心照不宣地把颜料往灿宇那边推了推。其他同学见了，也都心领神会。

"我的画笔给你用。"

景泰递过一支画笔，淑英拿出了水桶。

"一起用吧。"

灿宇的脸微微发烫。还好有同学帮忙，老师没发现灿宇的"秘密"。恩雅什么也没说，自顾自地画着画。恩雅的画一直都画得很好，直到下课铃响起，她还沉浸在创作中。

"没有画完的同学午饭时间一定要画好交上来。注意不要把水洒在地板上。"

老师一出教室，同学们就纷纷拿出了饭盒。灿宇将笔和颜料还了回去，把画平铺在桌子上晾干。恩雅也快画好了，正在做最后的收笔。就只是草草地瞄上一眼，灿宇就被恩雅的画吸引住了。明明用的是一样的画笔和颜料，恩雅的画就是和别人的不一样，她画的花盆和实物看似一样，却又不同，多了一丝特别的韵味。

灿宇看了看自己的画，对比之下，自惭形秽。他不好意思地想把画收起来。

"灿宇，一起吃饭吧，我先去倒水。"

随着一阵椅子的响动，身旁的平山站了起来。其他同学也匆匆地画完，收拾好画具离开了。只有恩雅还在慢悠悠地洗着画笔。

恩雅玩闹似的一手拿着一支笔，在水里不停地搅动。迸出的水珠三三两两地落在画好的画上，正当灿宇担心恩雅会把画弄坏的时候……

水桶倒了，水洒了一桌，也浸湿了灿宇的素描本。

"哎呀！"

灿宇和恩雅同时发出惊叫声，他们手忙脚乱地把画拿起来，抖落着，但是于事无补。

恩雅拿来抹布，擦着桌子上的水。灿宇呆呆地看着恩雅被毁掉的画，刚才好像是恩雅故意打翻水桶的？"一定是我看错了，怎么可能呢？"灿宇很快打消了这个念头。

因为这件事，老师批评了恩雅和灿宇，叮嘱他们要及时补交画作。挨点批对灿宇来说，不算什么。但是灿宇的心里很不好受。

恩雅画了一幅多好的画啊，那幅画就这么被毁掉了，恩雅一定会很难过吧。恩雅为什么会打翻水桶呢？是不是因为自己做错了什么？灿宇回想刚才发生的事，怎么也想不通。

但是恩雅好像不以为意，和往常一样跟同学们欢笑打闹。

放学回家的时候，妈妈难得在家。

爸爸打算在路口开一家自行车修理店，这些日子正忙着做开业准备。爸爸一开始是不赞成开店的："这么一个比老鼠洞都大不了多少的修理店，能赚什么钱？再说，我也不懂修理，你来付房租吗？"话虽这么说，最后妈妈还是说服了爸爸。

"老鼠洞就老鼠洞吧，生意好一样可以赚钱的。这附近骑车的孩子这么多，你这样子，也不好再去外面受苦吧。再说，孩子们总归是要有爸爸在身边的……"

原先的店主答应教爸爸修理技术，房东老板也说房租不用一次性交清。

听说爸爸要开修理店了，灿宇高兴得睡不着。说是修理店，其实并不是个像样的地方，屋顶低矮，门板稀稀拉拉。个头不高的人也要猫着腰才能进入，一些调皮的孩子把这小店称作"老鼠洞"店。"要是爸爸能像其他人的爸爸一样，开个更好一点的店就好了。"灿宇想，"不过只要爸爸在身边，老鼠洞也挺好。"

爸爸每天都要低着头进去店里，玻璃门有不少年头了，关不严实，一起风，凉风一下子就把小小的店灌满了。

这些天，灿宇一放学就会去店里帮忙。

整理开店不是个轻松的差事：打磨锈迹斑斑的自行车零件，清扫地板，整理堆放在外面的自行车轮胎。尽管很累，但爸爸脸上的表情却轻松了很多。

正当灿宇挺直腰板，歇口气的工夫，英珠带着班主任老师来了。爸爸认出了英珠的班主任，赶忙上前招呼：

"哎呀，老师您怎么来了……"

爸爸找来一把旧椅子，示意老师坐下。老师只是站着鞠了一躬。

"听说您今天开业，顺道过来拜访一下。"

"一个小店，算不上什么开业，开门罢了。"

爸爸脸上带着发自心底的笑意，老师也笑着点了点头。

这时，妈妈刚好把做好的猪肉和年糕拿来了。爸爸请老师坐下一起吃，妈妈嘱咐灿宇和英珠去给邻居店家送年糕①。

送完了邻居，妈妈又让灿宇去送药店的那一份。灿宇叫住了正要往另一边去的英珠。

---

① 韩国有搬家、开店的当天给邻居送年糕的习俗。

"你去给药店送。"

"为什么？不是说好一人一边的吗？"

英珠才没有听灿宇的话，她撇了撇嘴，端起放好年糕的托盘就往别处走了。

灿宇只好去了药店，心里祈祷恩雅别在。可事与愿违，偏偏就只有恩雅一人在店里。灿宇端着年糕走进店里，恩雅放下手里的书，站了起来。

"我爸爸的修理店今天开张，这个……"

"是吗？这个年糕看起来很好吃。"

恩雅轻轻笑了，灿宇觉得更尴尬了。他一时语塞，最后只是摸了摸头，就走了出去。

恩雅跟了出来。

"美术课上的画你完成了吗？"

"还没呢。"

灿宇犹豫了一下，还是没忍住，问道："那个，水洒在你画上了，是不是我……"

"不关你事，是我自己不小心。连累你的画也被毁了。我想和你道歉来着，但是感觉你都不愿意和我说话。"

灿宇从脸到脖子都觉得火辣辣的，恩雅竟然觉得对不起自己。灿宇不知该如何回答，只好望着地面。就在这时，海伊骑着车出现了。

"看不出来，你俩关系还挺好嘛。"

海伊刹住车，一脚点地，语气酸溜溜的。

还没听见恩雅说什么，灿宇就转身离开了。今天是个好日子，他可不想被海伊破坏心情。

回到店里的时候，英珠的班主任已经走了，爸爸正在和原店主聊天。

灿宇在靠墙的桌子前坐下来，呆呆地望着店里铁皮做的柜子。柜子被分成了一格一格，格子里放着钉子、螺丝以及按种类分开的各种工具。柜子太旧了，锈迹斑斑，被放在里面的东西压得变了形。铁柜子旁边放着焊接用的工具和氧气瓶。

"能学会的手艺也就只有这个了吧。"

店里只剩下灿宇和爸爸的时候，爸爸喃喃自语地戴上了面罩。黑色的面罩上有一块黑色反光的护目镜，戴上面罩的爸爸还真有些工程师的派头。爸爸的焊工活做得很好，就算失去了两个手指，也丝毫没有影响。

天色晚了，爸爸说要练习补胎，让灿宇自己先回家。昏黄的灯照亮了小店，空气中弥漫着铁锈的味道。

水彩颜料

　　灿宇睡眼惺忪地坐在地板上，看着打扫卫生的英珠。她用水瓢舀起水一瓢瓢泼在地面上，接着用刷子用力地刷洗地板，再舀水冲洗。英珠卖力地擦着地，灿宇知道，她是想把妈妈弄在地板上的鱼鳞、鱼内脏一类的东西弄干净——妈妈深夜回来，会在家里收拾第二天要卖的鱼。一些残渣干在地板上，散发着难闻的气味。

　　灿宇想起英珠之前嫌弃钱有鱼腥味的事。

　　大概是不想被识破心思，英珠连带着院里的水井外沿也仔仔细细擦干净了。

　　"爸爸去店里了吗?"

"嗯，里长①一大早来了，说是家里干农活的推车轮子漏气了。"

"爸爸没吃早饭吗?"

"没有，我把早饭装在篮子里了，哥你送去吧。"

尽管不大想出门，灿宇还是将早餐送去了店里。灿宇觉得自己一直在睡懒觉，总得帮忙做点什么。

里长已经走了，在学校干活的校工叔叔在店里。爸爸蹲在一旁，正在焊着校工叔叔拿来的东西。爸爸没有戴面罩，他每一下的焊接，都会带出一片蓝色烟雾和四溅的火星。

灿宇担心起来。

戴着面罩工作，瞧得不是很分明，活儿就干不漂亮，

---

① 相当于中国的村主任。

为此，尽管总是说眼睛酸痛，爸爸也总是不戴面罩。灿宇也担心，溅起的火花会落到爸爸的衣服和皮肤上。

爸爸蹲在地上，显得渺小又寒酸。

"还真是不错！"

校工叔叔似乎很满意爸爸的手艺，临走时，还说要把学校的焊接工作都交给爸爸。

"那真是太感谢您了！"

爸爸卑微的态度让灿宇很不舒服。要知道，校工叔叔在学校只是干一些粗活，像什么修理桌椅、修理厕所的门等诸如此类的。老师们都是直接喊他"老张"，每次被喊，"老张"都得低着头急匆匆地跑过去。爸爸竟然要对这样的人低三下四。

"这是汤吗?"

爸爸用筷子敲了敲汤碗边缘，尽管灿宇来的时候很小心，碗里的汤还是洒了一半。

"就不该干这个，累死累活一整天，也赚不了1万元①，还不如打零工赚的呢，今天干了这么多……"

听着爸爸的唠叨，灿宇在一旁把散落在地上的工具拾掇起来。看来，爸爸以后免不了向校工叔叔低头了。

爸爸把饭勺拿起又放下，最后剩了大半碗饭。

"叔叔，我的轮胎爆了。"

一个和英珠差不多年纪的男孩推着车来了。爸爸没有言语，开始修起车来。看着爸爸从男孩手里接过为数不多的一点钱，灿宇心里很不是滋味，他甚至冒出了一个想法：代替爸爸来干这些。

灿宇出了修理店，来到学校的操场。

---

① 韩币1万元约相当于人民币60元。

应该是星期天的缘故，操场上没有什么人。

几个青年在打篮球，游戏区域空无一人。灿宇坐在滑梯上，默默地看着。

看着那几个青年已经和成人无二的身体，灿宇心里好生羡慕。"要是自己能快快长大就好了。"

其中一个黄头发的青年尤为扎眼，灿宇不由得多看了他几眼。黄头发青年打起球来咋咋呼呼，灿宇不由得露出了笑容。

"好玩吗?"

身后突然传来恩雅的声音，灿宇被吓了一跳。恩雅过来与灿宇并排坐在滑梯上。

"你怎么都不理我?"

灿宇不知道恩雅为什么这么问，一时之间，不知道怎么回答。

“我看你从我家药店前面经过，我喊你，你没理我。我就跟着你来了。”

“啊？你喊我有事吗？”

恩雅没接话，只是把头转向打球青年的方向。正当灿宇懊恼自己是不是又说错了话的时候，恩雅突然拿出了一个包装好了的东西。

“这是什么？”

“颜料，早就想给你了。”

灿宇惊讶地侧过身，想到蹭平山颜料用的事情，脸上发烫。

“送你的礼物，这是开学时候妈妈给我买的新颜料，正巧我上美术学院的表姐也送了我一盒，那盒颜色更多，我更喜欢用那个。”

“为什么要送礼物给我呀？”

"多出来的东西没人用，不是可惜了吗？"

"给我用合适吗？"

"合适呀，我不是故意弄坏了你的画吗？"

"你是故意的？"

"哎呀，对不起，不这样，怎么把颜料给你呢？"

恩雅没有脸红，也没有语塞，淡定的样子像是早有准备。灿宇还是第一次见恩雅这样。话已至此，尽管灿宇过意不去，还是不得不乖乖收下这份"礼物"。

"嗯，怕你不肯收，害我担心了好久。"

恩雅开玩笑地笑了，灿宇也不好意思地笑起来。

"看见那个穿蓝色衣服、黄色头发的人了吗？那是海伊的哥哥。"

"黄色头发那个吗？"

"嗯，他在首尔上大学，因为妈妈生病了，所以每个周末都会回家。不过他回来也什么事都不管，只是在外面玩。"

"……"

"我爸爸和海伊爸爸很熟，海伊人不坏，就是有时候太自大了。"

灿宇一边听恩雅说话，一边看着篮玩场。

篮球场上的比赛已经结束，打球的人互相拍了拍肩膀，陆陆续续走出了校门。

海伊的哥哥去草坪外拿外衣的时候，恩雅走了过去。灿宇不得不跟上前，在离海伊的哥哥稍远一点儿的地方站住了。

"你和海伊是一个班的吗？看起来挺机灵的。你叫什么名字？"

"灿宇，李灿宇。"

灿宇用几乎只有自己能听见的声音回答，海伊的哥哥笑了，他拍了拍灿宇的肩膀。莫名其妙地，灿宇心情变得开朗起来。海伊的哥哥给他的感觉和海伊很不一样。

雨从凌晨时候就开始下了，尽管爸爸抱怨雨天生意难做，还是一早就去了店里。

自从当了班长，英珠总是早早地就去学校，今天却迟迟没有动身，她拿着雨伞站在门口犹豫了好半天。灿宇知道，是因为鞋子。

"你把袜子放口袋里，到了学校再穿上。"灿宇对英珠说。

英珠只是抬头看着落雨的天空。

英珠的运动鞋已经很旧，这事她早就和妈妈提起过，但因为这些天一直没下雨，妈妈就放着没管。

"还不走?"

　　灿宇一发脾气，英珠的小脸就皱成一团，一副要哭的样子。她瞪了灿宇一眼，赌气地走出门，脚步重重的，地上的泥水被踩得四处飞溅。

　　一路上，英珠一言不发。即便到了教室可以换上干的袜子，但是一路走过去，脚是湿的也不好受，灿宇心疼起英珠来。

　　孩子们都陆陆续续进了教室，英珠却还是撑着伞站在雨里。一些晚到的孩子都进去了，英珠还是一动不动地站了好一会儿。

　　"带袜子了吧?"

　　英珠收伞的工夫，灿宇在一旁边给她撑伞，边问。

　　英珠脱下运动鞋，她的整个脚掌都湿了，一直湿到了脚踝。就在她脱下湿淋淋的袜子，准备换上干袜子的时候，一个不怀好意的声音在一旁响起："快看啊，她的

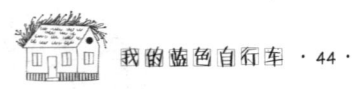

鞋子上有破洞!"

是海伊。

英珠穿袜子的手停住了，泪水一下子灌满了她的眼眶。英珠的鼻子红红的，她飞快地从走廊上跑掉了，像一只受惊的小老鼠。

灿宇用力咬紧牙关，瞪着海伊。海伊没想到自己的一句玩笑话会引起这么大的反应，一开始显得有些慌张。但在灿宇的注视下，他渐渐露出了嘲讽的表情。

"我没说错呀!"

海伊咯咯地笑起来，灿宇很想往他脸上来上一拳，但是忍住了。

"我又没说你，你这么盯着我干吗？不过，你本事倒是不小，还能收到恩雅的礼物。"

海伊还想说什么，灿宇却再也忍受不了。他上前一把揪住海伊的衣领，突如其来的"袭击"让海伊一个踉跄，灿宇顺势将他推倒在泥地上。

"喂，你干什么?!"

"你闭嘴!"

海伊满身泥泞。

海伊的屁股和后背都沾染上了泥水，他狼狈地爬起来。灿宇还想训斥海伊几句，却不知骂什么好，灿宇讨厌起嘴笨的自己来。

英珠和妈妈

　　天气热起来，妈妈的生意很不好做。爸爸修理店的情形也好不到哪里去。

　　只要有活儿干，爸爸的脸色就会好上许多。但除了偶尔有几个补胎的活儿，更多的时候，店里都没有什么人光顾。爸爸时常坐着发呆，也许是阳光照不进店里的缘故，他脸上的表情总是让人看不清。因此在爸爸面前，灿宇一直都小心翼翼的。

　　有时候，爸爸也会说些"不干了"这类的话。

　　尽管每次都会被妈妈劝说，但爸爸似乎已经厌倦了这个"赚不到什么钱"的店。说不定爸爸什么时候就又要出远门了，灿宇为此感到很不安。

灿宇总想着做些事贴补家用，他试着去找送早报的活儿，但是对方以年纪太小为由将他打发了。

自从下定决心不当班长后，灿宇就一心扑在学习上。

"自己唯一能做的就只有好好学习了。"虽然这么想，但是每每看见爸爸阴沉的脸，做些什么的念头就在灿宇心中越发强烈。

"我要快点长大！"

平山似乎完全能够理解灿宇，听见这话，他在一旁郑重地点了点头。或者说，他也有同样的想法。

"高中一毕业我就去学汽车修理。"

对于平山早早就立下志向这件事，灿宇很是羡慕。

"学汽车修理的话，读完高中就可以了吗？"

"怎么，你也想学？"

灿宇点了点头，平山抬起头来，嘴巴连珠炮似的脱口而出："别开玩笑了，我妈念叨得我耳朵都要起茧子了，'平山啊，你要有灿宇一半的样子我就知足了……平山啊，你看看灿宇，你以后要有他一半出息我就烧高香了'，哎呀。"

"你还是老老实实学习吧！不过，说来奇怪，我打破了你的头，好像还让你开窍了，你说是不是？"

"开窍？你看看，拜你所赐，现在那块的头发都没长出来，你还好意思说呢！"

灿宇低下头向平山撞了过去，平山被惊得往后一退，随即拿出毛巾模仿起斗牛士来。灿宇和平山抱作一团，笑得前仰后合。

英珠说去见朋友，还没有回家，灿宇不禁有些担心。马上就到晚饭时间，爸爸也要回来了，灿宇在英珠回来之前把米淘好了。

天渐渐暗了，村里的灯一盏一盏亮起来。灿宇扫了院子里的地，妈妈也回家了。

还好，妈妈回来直接去了厨房，把一路从市场上用头顶回来的东西放下。妈妈前脚刚进，英珠后脚就跟回来了，她悄悄地进门，没有发出一丝声响。

"在外面玩得开心吗？你还知道回家啊！"

灿宇的责备让英珠低下了头。英珠没有奔厨房去，只是呆呆地站在院子里一动不动。许是在回来的路上被妈妈撞见，已经挨过一顿骂了吧。妈妈看见英珠，就像看见了空气一样毫无反应，而英珠只是偷偷看着妈妈的脸色，大气也不敢出。

爸爸回来了，英珠赶紧打来一盆水，涮了毛巾递给爸爸擦脸。

晚饭的时候，谁也没有说话。爸爸洗了脸，匆匆扒了几口饭就躺下了。其他人也都轻手轻脚，屋子里安静得令人窒息。

爸爸总是不戴面罩工作。可能是担心爸爸的眼睛，晚饭的时候，妈妈看起来忧心忡忡。

爸爸躺在铺上，眼睛上敷着冰块。灿宇盯着他的衣物发呆。爸爸的外套和袜子上有好几个小洞，显然是被焊接中溅起的火星烧穿的。

爸爸的手上也满是烫伤的痕迹，灿宇心中更加难过，他拿来药膏，小心地给每一个伤口涂上。

"就算再不喜欢，也要戴上面罩和手套啊，爸爸！"

灿宇一边涂药，一边小声地说，说不上是自言自语还是抱怨爸爸。

"今天生意不错，还卖了一辆车出去，把租金交上了。要是每天都能像今天这样就好了……"

爸爸的声音渐渐低下去，似乎有了困意。

灿宇很想握住那只粗糙的、受伤的手，但最后还是没有那样做。他只是静静地坐在一旁，看着爸爸入睡。

爸爸用残缺的右手轻轻握住了灿宇的手。爸爸的手掌大而粗硬，灿宇的整个手被它包裹住，有说不出的温暖。

"我只会种地，以前想着，靠种地就能填饱肚子。爸爸教不了你什么，你和我不一样，我要是能在老家有一小块地，就回去。你得好好读书，读书人能干的事多着呢。"

爸爸叹了口气，握住灿宇的手用力了些，很快又松开了。他的呼吸渐渐平稳，最后进入了梦乡。灿宇起身，轻轻走出了房间。

屋外黑漆漆的一片，灿宇隐隐约约听见了一阵哭声。

走到院子里，哭声越发地真切。发出哭声的不是英珠，是妈妈。

几乎不见光的井旁，妈妈正叉着两条腿，像个孩子一般，坐在地上哭泣。看见这一幕的灿宇，内心非常地惶恐。

妈妈的哭声从她心底发出，迸发出来，直直地钻入灿宇心里，又将他的心口堵住，使他喘不过气，又哭不出来。

妈妈为什么要这样哭呢？十个手指被扎得伤痕累累也没有掉一滴眼泪，头顶几个大木盆也能健步如飞，在市场被管理员追赶纠缠也不畏惧——这样坚强的妈妈，为什么会哭得如此撕心裂肺？

灿宇砰的一下推开了英珠的房门。

"到底怎么回事?"

"……"

"是不是因为你,你都干什么了?"

"……"

英珠的嘴巴微微张了张,没有发出任何声音。她的脸上满是惊恐,最后趴在桌子上大哭起来。

过了一会儿,妈妈起身去了里屋,像是什么事都没发生一样,好像也没有注意到灿宇悲伤的神色。家里又恢复了寂静。

这一晚,灿宇都没睡安稳,做了个噩梦,他早早地就醒了。醒来的时候,天还没亮,就听见妈妈在厨房忙活,还听见了她喊英珠起床帮忙的声音。

和往常一样,妈妈凌晨就去了市场。夜幕还没有完全被拉起,灿宇躺在床上,听见妈妈的脚步声渐渐远去。

每天早晨，英珠都要给向日葵浇水，灿宇坐在屋外，看着英珠。一和灿宇眼神对上，英珠就慌忙移开了视线。

"你到底做了什么?"

英珠撇了撇嘴。

"我跟着朋友去了市场。我本来不想去的……我在那里看到妈妈了，妈妈叫了我，我假装没看见……妈妈又叫我了，我就跑了。所以……"

英珠蹲下身子，大声地哭起来。灿宇看着英珠，又抬头看着天空，灿宇知道妈妈为什么会那么伤心了。

灿宇又想起了在黑暗中哭泣的妈妈。想起英珠嫌弃妈妈给的零花钱有味道，说讨厌鱼腥味不肯吃鱼，连水井都要擦得干干净净……这些也就罢了，现在竟然装作不认识妈妈。灿宇气不打一处来，想好好教训英珠一顿，但是很快，他就泄了气。英珠的小心思，他何尝没有过呢?

"我再也不那样了，哥哥，我保证，妈妈会原谅我吗?"

"你要是再犯同样的错，我可不会放过你!"

英珠一点点止住了哭泣。她盯着灿宇的眼睛看，最后笑了。灿宇明白，虽然英珠做了蠢事，但是她比谁都看重妈妈。下雨、下雪和刮风的天气，英珠都会去市场接妈妈。还有，英珠的样子，和妈妈是多么像啊。

别惹我

午休时间，大家去踢了一场足球。每个人都跑得脸蛋通红，汗涔涔的。在水池边洗脸的时候，大家商量着要去"凉快一下"，于是三两结伴出了学校的侧门。

所谓的"凉快一下"，就是趁着下午上课铃声响起之前，溜出去，到校门口的小卖部买冰棍吃。这是老师严令禁止的事，要是被抓到，一顿训是免不了的。

灿宇跟着平山也去了小卖部，海伊和几个同学快人一步，正吃着冰棍。他看见灿宇进门，嗤笑了一声。

"好学生也会干坏事啊?"

接过平山递过来的冰棍，灿宇冷笑了一声，反问道:

"怎么，副班长不是也一样吗?"

海伊靠过来，用拿着冰棍的手拍了拍灿宇的脸。

"至少我不是胆小鬼，连个班长竞选都不敢参加!"

灿宇把头往一旁侧了侧，接着一巴掌把海伊的手打开，冰棍掉在了地上。

"找死!"

海伊握紧拳头就要向灿宇挥来，灿宇也不认输，挺着胸膛走上前。

"没时间了!"

平山见状赶忙挡在两人中间。下午上课的铃声响了，大家慌忙出门，向教室跑去。

灿宇和海伊恶狠狠地盯住对方，下一秒，就像脚底着火一般嗖地向前跑。两人比赛似的一前一后，谁也不肯让谁。灿宇紧盯着海伊的后脑勺喊道："你等着，总有

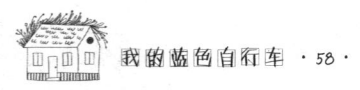

一天我会打得你谁都不认识！"

灿宇气喘吁吁地回到座位，还没来得及坐下。恩雅用铅笔轻轻敲了敲他的桌子："灿宇，英珠来了。"

灿宇这才想起要给英珠颜料的事，因为踢足球，忘了个一干二净。

"自己进来拿不就是了。"

尽管觉得对不起英珠，灿宇道歉的话还是没有说出口。英珠不高兴地白了他一眼，从灿宇手上一把拿过颜料跑走了。英珠和灿宇的班主任在走廊上打了个照面。在走廊上跑动是要挨批评的，还好班主任没有注意到英珠，灿宇这才松了一口气。

好不容易坐了下来，恩雅对着灿宇微微一笑，灿宇不好意思地低下了头，脸红得像个熟透的苹果。

"这次期末考试的成绩出来了。"

听了班主任的话，教室里"哀鸿遍野"。

"这次考试，我们班的平均分下降了，主要是因为有几位同学的分数实在太低了。不过，全校第一也在我们班上！"

"哇哦！"

班主任环顾四周后，咳嗽了一声，示意大家安静。

"灿宇，祝贺你。"

所有人的视线都集中在灿宇身上，平山带头鼓起掌来，霎时间，教室里掌声雷动。

恩雅又用铅笔敲了敲灿宇的桌子，随即露出了微笑，仿佛在对灿宇说："做得好！"

平山看了看恩雅，又看了看灿宇，皱着眉头打趣地说："某某某真厉害呀，又得表扬，又讨人喜欢。"

灿宇冲平山挥了挥拳头。

一下午，灿宇都没心思好好听课，想到在烈日下做焊接的爸爸，在市场辛苦卖鱼的妈妈——他们知道自己得第一的消息一定会很高兴吧。放学的时候，在走廊上被海伊故意撞了肩膀，灿宇也丝毫没有在意。

快要走出操场的时候，灿宇看见爸爸拖着车进了校门。车上的东西很重，爸爸的背弓得厉害。灿宇连忙跑过去，帮忙推车。海伊推着车站在校门口，冷眼看着。灿宇装作没有看见他。

推车上装着的是一些工具和焊接用的氧气瓶，爸爸最近正忙着干校工叔叔指使的活儿。

修理炉子，用铁板焊接做铲炉灰用的铲子。暑假期间，修好学校运动区域的器械和大门。

"学校的事都做完了吗？"

"哪里，这才刚开始呢。仓库门得修，运动场上的东西得赶在你们运动会前修好，还有学校的大门……事情多着呢！运动会是中秋节的后一天吧？干这些活，光是拉氧气瓶也不得了。"

爸爸的衬衫被汗水浸湿了，贴在背上。因为用力，被晒得黑黝黝的手臂上青筋鼓起，爸爸的手臂有一种让人安心的力量。

"叔叔，灿宇得第一了，是全校第一哟！"

在一旁搭把手的平山说。

爸爸没有接话，只是默默地在前面拉着车，过了一会儿，才说道："是吗？挺好。"

说完，爸爸再没有任何的反应。到了学校仓库，爸爸专心致志地整理着运来的东西，灿宇和平山也帮着一起将铲子等工具在一旁放好。

"店门开着就过来了。"

爸爸一边说，一边向校工叔叔走去。

平山一脸疑惑，好像是不明白为什么灿宇爸爸知道灿宇得第一后是这种态度。灿宇因为爸爸的表现也有些失落，但是他清楚，爸爸心里一定是很高兴的。

爸爸在学校做活儿的时候，灿宇回了店里。其间有个中学生来店里换轮胎，但见爸爸不在就走了。灿宇想着自己要是有修车的手艺就好了。

爸爸拉着空车回来了，海伊出现在了他身后，似乎是一路跟着过来的。

店里的风扇转着，吹出一股股热风，灿宇心烦气躁，站了起来。海伊看了灿宇一眼，不认识他一样，对灿宇爸爸说话了："我的车胎好像漏气了。"

爸爸弯下腰，使劲捏了捏海伊的自行车轮胎。灿宇心里不得劲儿，但是也没办法，谁让现在海伊是店里的客人呢?

"没问题啊。"

"骑起来的时候,感觉气不是很足,是不是哪里破了啊?"

"这就对了,轮子气太足,骑起来也不舒服。"

"叔叔,您就帮忙看看,我会付钱的。"

"你这孩子还真是说不通。"

没办法,爸爸只得蹲下来,取下海伊自行车上的轮子。海伊背对着灿宇站在一旁,虽然看不见海伊的脸,但是灿宇能想象海伊脸上的表情,那一定是嘲笑的表情。

"连爸爸都要被他看不起吗?"

灿宇心中的怒火在一点一点燃起,他死死盯着海伊的后脑勺。

灿宇知道海伊一直想找他麻烦,没想到,竟然找到

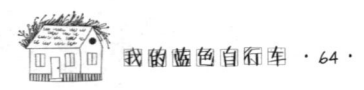

这里来了。

"你看，好好的嘛，有漏气的地方的话，会有气泡冒出来。你这辆车还是新的，不会那么快就坏的。"

爸爸把轮胎放进水盆里查看后，对海伊说。

海伊这才点点头，转身对灿宇笑了笑。灿宇咬紧牙关，握紧了拳头。

好好的轮胎，让爸爸拆了又装。天气很热，爸爸满头大汗，手也弄脏了，还要蹲在海伊面前做这些。

"不好意思，叔叔，多少钱?"

"不用了，轮胎又没坏。"

爸爸甩了甩手，站起来坐在一旁的椅子上。海伊从口袋里掏出钱，硬是往爸爸怀里塞。

"这孩子……"

积攒的怒火一下子从灿宇脑门上蹿起，灿宇的脸阴沉下来。要是爸爸不在，灿宇一定会朝他踢椅子的，不，一定会甩他两个耳光。

"不能让您白辛苦啊。"

"没关系的，以后要修车，记得来就是了。"

爸爸对着风扇，用毛巾擦着脸上的汗。灿宇紧紧抓住海伊的手，一把夺过他手上的钱。海伊先是吃了一惊，随后漫不经心地轻笑了一声，还没等灿宇把钱塞回去，就甩开灿宇的手，推车走了出去。

灿宇跟在海伊身后，海伊没有骑车，自顾自推着车走着。灿宇心里一阵庆幸，要是海伊骑上车，他可就追不上了。海伊没有回头，似乎对灿宇跟在身后的事漠不关心。

两人一前一后走着，来到了通往野外洼地的路口，路口处是一排围堰。以围堰为界，那一边就是海伊家的老洼里小区了。老洼里小区离学校较远，所以住在那里的孩子都骑车上学。

灿宇加快了脚步，围堰的位置很显眼，被人看见就不好了，灿宇攥在手心里的钱被汗水染透了。

海伊在围堰上停住了脚步，他支好自行车，走到堤坝下，撩起水洗了把脸。灿宇也跟了下去。

海伊觉察到身后的响动，他转过身，见是灿宇，没有露出吃惊的神色。灿宇上前，拽住海伊的衣领，用握钱的手朝海伊脸上挥了过去。

"啊！"

海伊受力，倒下了。灿宇没有就此罢休，他坐在海伊身上，朝他脸上又打了一拳。海伊没有坐以待毙，他挣扎着试图反制灿宇。两人扭打在一起，滚得满身是泥。海伊被灿宇打得鼻血都流了出来，脸成了花猫。

"你干什么？"

海伊被灿宇压在身下，占据下风，他抬起双手阻挡挥来的拳头，大喊道。

"明知故问，你不是早就想和我打架吗？"

"有话好好说！"

"我又没惹你，你为什么三番五次来找碴？你这卑鄙的家伙！"

"我卑鄙？！"

"冤枉你了吗？因为穷，我们就要被你看不起吗？连我爸爸都来招惹，不是卑鄙是什么？"

因为穷，爸爸被海伊这样没教养的人捉弄。想到这个，灿宇心里一阵刺痛，他鼻子一酸，差点哭出来。

灿宇松开了海伊。

"我不想再碰你这样的人，你以后也不要来招惹我。

我永远都不会原谅你。"

灿宇忍了又忍，眼泪还是不争气地流了下来。怕被海伊发现，他跳了起来，后退几步，把钱扔到海伊身上。

"不知道尊重长辈吗？连我爸爸都来取笑？坏家伙！"

"这是他做事得来的钱，怎么就是取笑了？"

"你再说一句！"

灿宇又扑了上去，海伊一下躲开了，灿宇扑了个空，摔进了水里。

"今天表现不错啊，我还以为你是个闷葫芦、胆小鬼呢，你只会博取大家的同情，只知道逃避！"

海伊站了起来，嘲笑水里的灿宇。灿宇急于站起，脚底一滑，又摔进了水里。

"都是因为你，我什么都没了。同学们也好，恩雅也好，都站在你那边。你什么好处都占了，还说什么穷不穷的，装什么清高？呸！"

"……"

灿宇坐在水里瞪着海伊。

"你转学过来后，一切都变了。大家都开始讨厌我，我以前从来都没有输过，现在为什么要输给你？你不是一直都忍着吗？好，那我就来找你好好打一架！来呀，再来打啊！"

也许是水很凉的缘故，灿宇渐渐冷静了下来，先前笼罩在身上的怒火已被浇灭。海伊越是气势汹汹，灿宇气势反而越发短了一截。说着说着，海伊也闭嘴了。

灿宇东倒西歪地站起来，撩起水洗了洗沾满泥巴的胳膊和脸。海伊也默默地抹干净脸，然后爬上堤坝，骑上自行车往家而去。他用力蹬着踏板，头也不回，在围堰上飞驰而去。

不一会儿，海伊的身影就被一片树丛遮住，看不见了。灿宇呆呆地望着海伊离去的方向，他明白，海伊不是落跑的败将，自己也不是胜利的将军。

灿宇还明白，海伊知道自己跟在身后，他只是等着灿宇过来，把该做的都做了罢了。

"还说我什么好处都占了，我占什么了……"

不过，海伊的心情，灿宇也是能够明白的。

灿宇坐在围堰上，太阳快要落山了。

西边的天空像是一片平静的大海，云彩已经被染红，又仿佛是宇宙中的另一个世界。

灿宇觉得，自己和那另一个世界，中间只隔着一扇巨大的玻璃窗。落日就像是有人在窗户的那边，投下的美丽影子。四周渐渐地黯淡下去，那落下的夕阳，好像投入了灿宇心中，让他内心火热。

"啊，我以后要成为什么样的人呢？我要挺直腰杆子活着，不要像爸爸那么愁苦，不要像妈妈那样艰辛……"

灿宇想做一个自由自在、能干大事的人。

灿宇挺起胸膛，大口呼吸。他深深地吸气，直到胸口酸痛，好像要把夕阳的余晖都吸入身体里。

当最后一丝光线被黑暗吞噬的时候，灿宇站了起来。

在烈日下

一到中午，时间仿佛就静止了。夏日的阳光毒辣，室外的树木都无精打采的，人们恨不得躲在树荫下不要出来。

没有一丝风，树叶纹丝不动，只有夏蝉躲在树叶底下发出聒噪的声响。许久没下雨，路面上尘土飞扬。

这样的天气，爸爸也要在烈日下工作。每次从学校干完活回来，爸爸都会念叨着头痛、眼睛痛。即使整夜敷着冰块，爸爸眼睛的状况也没有好转，有时候会难受得整晚睡不好。但即便眼睛红肿充血，爸爸也不会停下工作。

做完那些活儿，能赚到一大笔钱——这是爸爸坚持下来的动力。爸爸消瘦了许多，越发显得弱小可怜。

爸爸去学校操场修理运动设施的时候，灿宇会留下来看店。大部分时间他都坐在一旁看书，偶尔会做一些给轮胎打气的活儿，甚至还试着补过几次胎。

一开始，对于前来修车却扑了个空的孩子，灿宇也只能好言相劝让他们下次再来。后来见爸爸做了几次，灿宇摸到了一些门路，对于修理自行车的事，也能上手了。

趁爸爸不在偷偷接了几次修理的活儿后，灿宇已经能够应付上门来修车的客人了。

放暑假了，班上同学都去旅行了。平山也三番五次约灿宇去游泳，但一想到每天带着满身疲惫回来的父母，灿宇就不能心安理得地去玩耍。

灿宇打算回家给爸爸拿一些凉水，等他回来好喝。

正要动身，英珠慌慌张张地跑来了。

"不好了，哥哥！妈妈……"

"妈妈怎么了？"

英珠上气不接下气，说不出话来，急得直跺脚。

"快点回家！妈妈她……回来……就倒在院子里了，我喊她，她也不动！"

"什么？"

灿宇听罢，拔腿就要往外冲，英珠拉住了他的胳膊。

"哥，要买药吧?!"

"你知道要买什么药吗？"

英珠哭着摇摇头。灿宇拉开抽屉，随手抓起一把零钱塞到英珠手里。

"快去药房，告诉他们你看到的妈妈的情况。"

灿宇失了神地一路往家跑。"妈妈，妈妈"，他在心里喊。

一进门，灿宇就看见了倒在井旁边的妈妈。

"妈妈!"

灿宇一把推开盖在妈妈脸上的伞，伞下笼罩着一股热气。

"妈妈，快醒醒!"

灿宇用凉水将毛巾打湿，给妈妈擦脸，又给妈妈扇风，捏身子。妈妈的脸上没有一丝血色．无论灿宇怎么呼喊，也没有反应。英珠跑回来了，灿宇和她一起把妈妈抬到屋里。

"药买来了吗?"

"嗯，药房大叔给了一些药，说妈妈可能是累着了，等她醒来让她吃。大叔还说，他一会儿就过来。"

"就只是累着了吗?"

灿宇不相信,劳累也会让妈妈这番模样吗?

灿宇和英珠不停地用冷毛巾给妈妈擦脸。妈妈的嘴唇微微翕动,渐渐恢复了神志。

"妈妈?你很难受吗?"

英珠趴在妈妈的胸口,失声痛哭。伴着英珠的哭声,泪水从妈妈的眼角滑落。药房大叔——恩雅的爸爸,走了进来。

"孩子们,妈妈醒过来了吗?让我看看。"

恩雅爸爸摸了摸妈妈的额头,又给妈妈把了脉。

"别动,先躺着休息一会儿!"

妈妈想起身,被恩雅爸爸制止了。

"我也不是医生,只能稍微帮您看一下,可能是过度劳累,加上中暑。差点就出大事了!"

"谢谢您，还劳烦您跑一趟。"

"都是邻居，不用客气。我建议还是去趟医院检查一下，身体健康是第一位的。"

恩雅爸爸叹着气走出了大门。灿宇送了出去，他看见恩雅爸爸的背影——他后脑的头发已经半白了。灿宇在他的身后行了个礼。

"叔叔，谢谢您!"

"不用谢，你们也受苦了。"

再三嘱咐灿宇一定要让妈妈去医院后，恩雅爸爸离开了。这时，灿宇看见爸爸正从农协仓库的拐角处急匆匆地跑来。灿宇这才想起，店门还没有关。

爸爸一脸焦急，被晒得黑里透红的脸上汗如雨下，眼里的血丝愈加明显。

"店门还开着……"

"我关上了。"

爸爸应了一声，就去了里屋。看见躺下的妈妈，爸爸不分青红皂白就发了脾气。

"跟你说了几次，生意不好，就待在家里！能不能听懂?！钱是随便赚的吗？没有发财的命，那么拼命干什么？你要再出去，我也什么都不管了!"

爸爸气冲冲出了门，坐在院子里，望着天空，点了一支烟。

"对着生病的妈妈发脾气，这算什么？妈妈又做错了什么?"

灿宇无法理解爸爸的行为，打心底里埋怨起他来。

妈妈病倒了，要吃药，要好好休息。妈妈太不容易了，就算是爸爸，也不能这样对妈妈发火。

妈妈一句辩解的话也没说。爸爸在老家丢了地，都是因为自己的哥哥。是不是因为这个，妈妈心里一直都很内疚呢？

太阳开始落山，暑气渐渐散去。灿宇看着红色缎带似的晚霞慢慢消失在山的另一头，对爸爸的怨气也渐渐消散了。

这时，恩雅悄声无息地来了。

"您好，爸爸让我来送东西。"

恩雅站在大门旁，没有进来。

"我爸爸还说，吃了这个药，阿娓的精神会好一些的。"

"谢谢你，药是多少钱?"

"我爸爸没说。"

虽然恩雅这么说，爸爸还是拿出钱给了灿宇。灿宇从恩雅手中接过药，不知怎的，嘴巴像是被粘住了，"谢谢"两字怎么都说不出口。恩雅也只是低着头，向爸爸打了个招呼便离开了。

也许是因为妈妈生病的缘故，爸爸一直辗转反侧。灿宇迷迷糊糊地睡去，又被里屋的动静吵醒。一晚上，他都心烦意乱。

灿宇躺在铺上，瞪大眼睛直勾勾地盯着黑黝黝的屋顶，像是暗夜里的猫。

"我能做点什么呢？要是能有海伊哥哥那么大就好了，我快点长大的话……"

迷迷糊糊到凌晨，灿宇才稍微眯了一会儿，睡梦中隐约听见厨房锅碗瓢盆的声响和妈妈穿鞋的声音。他一个激灵坐了起来。妈妈已经起身，像往常一样在厨房做早饭。

"妈妈，你没事了吗？"

"没事了。"

"你今天得去医院。"

"说了没事，去什么医院啊，不用担心。"

"爸爸知道又该发脾气了。"

"他是心里着急才那样的。"

灿宇还想说什么，妈妈一脸严肃地转过身。

"灿宇，妈妈怎么样都不会丢下你们的，知道吗？"

灿宇只好沉默。

妈妈又在凌晨时分去了市场。灿宇坐在院子里，看着天空从灰色变成浅白，最后彻底地亮起来。

英珠的向日葵长出来了，开出了盘子一样的花朵。

巴掌大的土地上开出的向日葵，根深扎在土里，茎秆生得又直又长，花只开一朵。当初种下种子的时候，英珠说要看看它是不是会跟着太阳转，英珠看见了吗？

爸爸起来了，脸色苍白。大概是知道妈妈又去了集市上，他什么都没问，默默地吃完早饭，就去学校干活了。

尽管面上看不出异样，灿宇忧郁的情绪在内里翻滚。

灿宇早早来到店里，干起了活。他先是扫干净地，接着整理好待修理的自行车，把要补的轮胎也在一旁放好。一早上，灿宇补好了三个轮胎，心情稍微好了些。

平山来了，他刚从海边旅游回来，浑身晒得黢黑。"一点都不好玩，光受累了。"平山向灿宇抱怨，灿宇听了只是点了点头。

"你什么时候学会这个的？你真是个天才啊！"

看着灿宇熟练地补胎，平山惊讶地张大嘴说。

"你爸爸教你的吗？"

"不是，爸爸忙着干学校里的活儿，我得帮着做这些。"

"学校的事还没结束吗?"

"应该快了吧,就这两天了。"

灿宇盼望学校的事能早点结束,这样爸爸就能好好歇上一阵子了。虽然干不了焊接、采购零件、组装车子这些活儿,还有打气、补胎这些,灿宇也能做得有模有样。

但是天不遂人愿。

平山走后,又有客人来补胎,想着爸爸随时都会回来,灿宇加快了手脚。

灿宇给补好的轮胎打完气,站起来伸展胳膊,放松已经酸痛的后背。他猛然发现,爸爸推着车,就在自己身后。爸爸像钉子一样直直地站着,灿宇的心忽地一沉。

爸爸脸上乌云密布。是什么时候起,爸爸就在那里看着了呢？灿宇低着头，从客人手里接过补胎的钱。虽然能感到爸爸的怒气，但是灿宇认为自己没有做错什么。

客人一走，爸爸就喘着粗气走上前。

"什么时候开始做这些的？"

"……"

"不回答是吗？这是什么好事吗？你就要学？"

爸爸紧握着拳头，浑身颤抖。

"你以后就干这个吗？谁教你的？"

"这有什么不好？"

"你还顶嘴！"

爸爸扇了灿宇一巴掌，爸爸的手掌浑厚有力，灿宇感到脸上火辣辣的痛。灿宇紧咬嘴唇，不让眼泪流下来。

"你妈妈累得晕倒，就是为了看你以后干这个？"

"不管干什么，能赚钱不就行了吗？赚了钱，妈妈就不用受苦!"

灿宇带着哭腔喊了出来。话音刚落，爸爸又打了灿宇一个耳光。

"光有钱就行了吗？小小年纪就掉钱眼里了？不管做什么，只要能赚钱就行了？这么惦记钱，以后要去当小偷吗？"

"我只是想帮忙做一些我能做的事，让你和我们都不那么辛苦，我做错什么了？"

"你……"

爸爸再也说不出一句话来。灿宇跑出了店，眼泪再也止不住，脸上的痛愈发明显。现在的他，只想到一个没有人的地方大哭一场。

灿宇不停歇地跑着，一直跑到围堰上。他停下来，大口大口喘着粗气，心口一阵钝痛。

灿宇走到堤坝下，躺在软乎乎的草坪上，本以为自己能哭出来，但随着呼吸变得平缓，他的心情也渐渐平复下来。最后，他只是静静地躺了一会儿。

"我不怪爸爸。"

灿宇在心里对自己说。明明比谁都辛苦，家里的状况却没有丝毫改善，爸爸一直为此担忧发愁。灿宇暗暗发誓："我长大后一定不会让家人因为穷而受苦。"

"我绝不会让我的孩子过得像我这样。"

脑海中已经天翻地覆，现实却一如既往。灿宇从草地上爬起来的时候，世界没有任何的改变。

回到家里，爸爸没有多看灿宇一眼。吃饭的时候，灿宇不敢抬头看坐在对面的爸爸。虽然他想对爸爸承认错误，但终究什么话也没有说出口。

学校的事大概已经结束了。父亲拿出了他满是破洞的工作服，早早上床休息了。

直到里屋的灯熄灭，灿宇一直站在屋外，他始终无法鼓起勇气去和爸爸说话。想起爸爸生气时候的目光，灿宇就心有余悸。

"明天一定要去向爸爸认错！"灿宇这么想着，把头埋进了枕头里。

但第二天，爸爸一早就走了。

他穿着灿宇擦好的皮鞋，推开院门，离开了家。

"爸爸……"

灿宇连鞋子都没穿，跑出屋子。

屋外，只有青色的石子路静静地伸向远方。

和以前一样，爸爸又在黎明时分离开了，什么也没有带走，在学校赚的钱分文未动地留给了家里。

"说是爸爸能干，有熟人给他介绍了个在工地上的活儿。所以这段时间，你爸爸一直在赶学校的事。别看了，快进屋。"

妈妈在屋里喊着灿宇。

灿宇的心里好像多了一个洞。

他转身正要进到院子，发现大门的一侧挂着一个小小的布袋。大概是挂了一整晚，袋子已经被露水打湿。灿宇打开袋子，一瓶营养剂露了出来。

冰雹后的果园

　　灿宇思前想后，觉得送来营养剂的人就是恩雅。灿宇也知道，去问恩雅的话，她肯定是不会承认的。因此，灿宇都不好意思从药店门口路过，总觉得明明欠了人家的人情，还要当作不知道，是件很羞愧的事。

　　虽然爸爸走了，灿宇还是每天都会去店里。爸爸走之前锁了店门，把钥匙也带走了。打不开门，灿宇就干脆把门锁拆了。爸爸之所以锁上门，是不希望灿宇继续做补胎之类的活儿。但店铺的租金要付，妈妈每天又那么辛苦，所以灿宇仍旧开着店，指望着能赚些钱。

　　灿宇明白爸爸的良苦用心，但他觉得能够一边工作赚钱一边"度假"也挺不错。

店里热得像蒸笼一样。平山每天也会来，和灿宇一起学习修理自行车。灿宇的修理技术越来越熟练，他的手渐渐变得粗糙，指甲缝里也都是洗不净的黑泥。

每每看见自己粗糙的双手，灿宇就会想起爸爸。看见店里放着的焊接工具，就会想起眼睛酸痛、难受得睡不着觉的爸爸。每当这个时候，灿宇的心里总是很沉重。不过，这种沉重并没有困扰灿宇太久。

灿宇和爸爸一样，在烈日下修车。没事的时候，他就坐在一旁看书。即使被打，灿宇也执拗地待在店里，像是在和爸爸赌气。

暑假的最后一天，灿宇才将店门关上。这些天，灿宇总是想着爸爸会突然回来。灿宇将店门锁上的时候，将自己这个念头也锁上了。

夏天快过去了，一直都没有爸爸的消息，灿宇心里空落落的。

这天，灿宇去给房东送租金。房东住在老洼里小区，和海伊家是同一个小区。路过果园时，灿宇看见海伊正和他的爸爸一边散步一边说着话。海伊父子亲密的样子，让灿宇心里不是滋味。他打心眼里羡慕起海伊来。

一开学，同学们都忙着为运动会做准备。

每次去操场练习时，灿宇都会偷偷去摸摸校门上焊接的地方，那上面的铁被熔化又凝固，盐鼓的，很粗糙，就像爸爸的手指指节。

今天也是要在午饭后就开始练习棍棒操。男生们都在操场上打球，等着练习开始。灿宇一人坐在游戏区域的跷跷板上，默默看着被爸爸修理好的地方。

跷跷板生锈快要脱落的部分，爸爸用钉子密密匝匝地钉了一圈。想到不知道正在哪里辛苦的爸爸，灿宇鼻子就酸酸的。正想着，一个球突然飞来，砸在灿宇头上。

"哎呀！"

灿宇脑袋嗡的一声，半天才回过神。

"喂，把球踢过来！"

是海伊，他站在不远处挑衅一般笑着。灿宇一边拍球，一边皱着眉头瞪着海伊。

"怎么了？被砸傻了？"

海伊似乎总是以取笑灿宇为乐。

"不要和女生一样，只会躲在树荫底下，一起来踢球啊！"

灿宇往地上啐了一口，白了海伊一眼。同学们觉察到这边的动静，接二连三地围了过来。

灿宇一边运球一边靠近，距离差不多的时候，他飞起一脚。

"呀!"

海伊没有防备，被球正中面门。灿宇心中出了一口恶气，神清气爽。同学们都被吓了一跳，不知所措地轮番望着海伊和灿宇。

"混蛋，你⋯⋯"

海伊的嘴唇迅速地肿胀起来，他气急败坏地向灿宇走来。

灿宇大声回嘴道："不是你说的把球踢过来吗？还说要一起踢球？来呀!"

灿宇昂起头，海伊也没有过多纠缠。两人一左一右开始在操场上踢起球来，灿宇带着一股怒气，在场上奋力奔跑，但最后还是输给了海伊。

灿宇脸上的汗水和操场上扬起的尘土混在一起，一片狼藉。他来到水池边洗脸，海伊也在一旁洗漱。海伊故意将水溅了灿宇一身。作为回报，灿宇开大了水龙头，加大了洗胳膊的动作，把水撩到了海伊身上。

海伊看了看灿宇，不以为意，反而朝他咧嘴笑了。灿宇没有理会，但心情不是很坏——海伊那笑容里没有嘲讽的意味。

放学的时候，突然刮起了风，乌云也聚集成了黑压压的一片，随时都要下暴雨的样子。

风逐渐凛冽，刮得人起了一身鸡皮疙瘩，教室里的门窗也被吹得砰砰作响。

"台风要来了，好可怕啊！"

家住学校附近的孩子，撒腿就往家跑。家里稍远的孩子，或骑着自行车，或跑着，每个人脸上都带着不安的神色。

风越刮越猛，肆无忌惮。路上的行人被吹得头都抬不起来，风很冷，天气一下从夏天变成了冬天。

嗒嗒嗒嗒嗒嗒。

天空突然落下冰雹，路上的孩子们纷纷躲进路旁的小卖部。

啪啪啪啪啪啪。

变天了，这样不寻常的天气总觉得有什么事要发生。

灿宇也躲进了店里。不知是冻的还是吓的，大家的嘴唇都呈现出青紫色。每个人都呆呆地望着天空中落下的冰雹。

拳头大小的冰雹砸着小卖部的门窗，发出咚咚的响声。不，不是冰雹，好像是一座座小冰山，随时都要把窗户玻璃砸穿。

把门稍稍打开一条缝，就会有冰碴落进来。握在手心里，冰冷坚硬的冰一下就化成了水。

"哎呀，好好的天怎么会下雹子……"

小卖部大妈一边叹气，一边将门稍微打开察看。冰雹一下子灌了进来，孩子们新奇地捡起冰块拿在手里把玩。屋外的路上布满冰雹，一片雪白，像是冬天的雪地。车也停下了。

"哎呀，出大事了，地里的庄稼都要完了。果园的果子也要被糟蹋了。"

大妈望着冰雹，担忧地说。最里面的海伊站了起来，就要往门外冲，冻得发青的脸上乌云密布。

"你这孩子，现在可不能走啊！"

大妈伸手就要拉海伊，却扑了个空。海伊已经冲出屋外，骑上自行车就要离开，然而地太滑，他险些摔了个跟头。海伊扔下自行车，低着头，在冰雹倾泻的路上奋力地奔跑起来。

灿宇愣愣地看着海伊离去的背影。

冰雹渐渐停下，孩子们出了店门，纷纷离开。灿宇扶起海伊留下的自行车，推着回家了。

冰雹持续时间不长，威力却不小。路两旁树木的叶子被打掉，露着光秃秃的树杈。地里的塑料大棚的顶被砸穿，里面原本长势良好的白菜都被砸出了洞。

看见白菜地里白茫茫的冰雹，灿宇想起海伊慌忙跑走的样子。冰雹会把海伊家果园里的梨匕砸下来吗？要是这样，可真是出大事了。

天黑之前，冰雹就如谎言一样，都融化得无影无踪。地上仅仅留下些水渍，好像仅仅是下了一场雨罢了。

第二天，海伊没来学校。同住在老汪里小区的一个孩子对老师说："大概是果园出了事，家里需要帮忙，所以没来。"

老师点了点头，没有多问。灿宇却很好奇。

"什么事连课都没法上?"他想。

早上，灿宇是骑着海伊的自行车来的学校，本想将
自行车还给海伊，这下还不上了。灿宇也不好再骑回家
去。对海伊的东西，灿宇隐隐地有些排斥。他决定放学
后去趟果园，把自行车还回去。

虽然路过了几次，但灿宇还是第一次来海伊家的果
园。他在外面犹豫了一会儿，鼓起勇气往里走去。刚看
见果树，灿宇就被惊得脱口而出："天哪，怎么会
这样?!"

灿宇终于理解，那天海伊为什么不顾一切地往家
跑了。

无数个梨子被打落在地上，工人们正忙着将这些梨

一个个装进筐里。每一棵梨树下都散落着被砸出洞的梨子，冰雹造成的打击真是不小。

海伊也在帮忙，他夹在一群大人之中，捡梨，装梨。海伊还从树上摘下被打坏了的梨子，从他笨拙的动作来看，海伊很少干农活。

没有人注意到灿宇，他把自行车停在显眼处就离开了。在人群中，默默工作的海伊的身影在灿宇脑海中盘旋，许久也挥之不去。

转天，海伊来了学校，和往常一样，他和同学嬉笑打闹，大声说话，没个正形。但灿宇总觉得，海伊变得和往常不一样了。

海伊再也不来找灿宇的碴了，不会对灿宇冷嘲热讽、言语挑衅，也再没有拿修理店说事。关于自己的自行车怎么会出现在果园的事，海伊也没有问起。这反而让灿宇在意起来。

晚饭时分，英珠又在门外"捡"了营养剂进来。

同样的事已经发生过好几次了。

"前不久还没呢，就是有人刚才放的。"

"看见是谁了吗?"

妈妈走出门去，四处看了看，问英珠。英珠摇了摇头。

"这可真是欠了人家不少人情啊!"

灿宇知道是恩雅，他下定决心，一定要想办法赚钱，赶紧把药钱还上。

"灿宇，明天你去趟果园。"

"去那儿做什么?"

"前段时间的冰雹把梨子都砸下来了，梨子堆在一起很快就会烂掉，果园的人正为这事发愁呢!"

"……"

"果园的梨子现在卖得很便宜，我们也去买点，平常这种梨可是很贵的。"

灿宇没回话，马上中秋节就要到了，非要买这种被砸坏的梨吗？

"稍微挑几个好的留给你爸爸，其余的你就看着随便买吧。"

这是爸爸离家后，灿宇第一次从妈妈嘴里听到"爸爸"这两个字。

"中秋节爸爸会回来吗？"

英珠一听到爸爸，眼睛都亮了。妈妈不置可否，不再说话。爸爸没有捎任何消息回来，妈妈为此很难过。

"过中秋节了，爸爸当然会回来呀。"

灿宇回答英珠，英珠点了点头。

今晚的月色很美。天气很好，天空中的月亮又大又亮，仿佛触手可及。爸爸也正在什么地方，望着月亮吧。他有没有为回家做准备呢？

一想到爸爸，灿宇的心情就很激动。即便是去买不好的梨，他往果园去的脚步也轻快起来。

灿宇蹬着自行车，沿着围堰一路向前。风迎面吹来，像一只小手，梳理着他的每一根发丝。灿宇撒开车把，张开双臂，一种飞翔的感觉蔓延全身。

走到洋槐路上的时候，灿宇碰见了恩雅。她正要去海伊家送东西。

"快过节了，妈妈让我去送肉，说是大人之间的来往。你这是要去哪儿？"

"去买梨。"

"那你准备去哪个果园买呢？"

"这个……"

灿宇一时间回答不上来。

除了海伊家，出售梨子的果园有很多。因为妈妈嘱咐说要买被冰雹打过的、便宜处理的梨，所以灿宇不想去海伊家买。但是到底去哪儿买，他还真没有想法。

"那不如就买海伊家的吧，叔叔因为冰雹的事情，正伤脑筋呢！朋友之间不就该互相帮忙吗？"

"嗯，是……"

灿宇点点头。

"那个，恩雅……谢谢你。"

"谢我什么？"

"谢谢你送来的药，还有药师叔叔那边，我也没有好好道谢。"

灿宇摸着后脑勺，别别扭扭地说。恩雅看见他的样子，扑哧一声笑了。灿宇还想说妈妈也觉得很过意不去的话，但看见恩雅笑眯眯的样子，一下子把话头咽了回去。

"你呀，有时候看起来冷冰冰的，没想到还知道害羞呢。不用谢我，照顾病人不是我家应该做的吗?"

灿宇不说话了，低头往前走。内心暗暗下了决心，长大一定要做一个像恩雅爸爸那样帮助别人的人。他还想着，什么时候一定要去药店当面向恩雅爸爸致谢。

到了海伊家的果园，恩雅先行往里走。

"有机会再一起去园子那边。"

说完，恩雅拿着肉往海伊家去了。灿宇则往另一边的仓库走去。

海伊爸爸正和果园工人一起，将先前一股脑收集起来的梨子一袋袋拆开，挑出好梨和有瑕疵的梨。虽说有不少没被冰雹打坏的梨，但不好的、难卖上价钱的梨也堆积如山。

"是来买梨吗?"

"嗯，我要好的梨，一点点……还有……"

灿宇的嘴唇像是被胶水粘住了，怎么也开不了口说后面的半句话。

"来，我帮你拿。"

海伊的爸爸仔细挑出又大又好的梨，往袋子里装。袋子快被装满了，灿宇还是说不出要买点坏梨的话。

"都是好梨，买不起怎么办?"灿宇心中焦灼。

妈妈只是让他买几个给爸爸的好梨，这下可怎么收场。

"那个，叔叔，也给我点坏的梨……"

就在这时，海伊和恩雅来了。灿宇好不容易开了口，

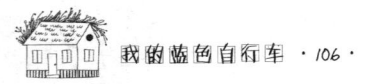

又马上闭了嘴。海伊看见灿宇，露出一副不高兴的表情。

"爸爸，这也是我的同班同学。三岔路口那个轮胎店，有印象吧?"

"是吗? 你这孩子，刚才怎么都不说一声。也不和叔叔打个招呼。"

灿宇的脸唰的一下红了，头埋得更低了。

海伊戴上手套，自然地在一旁帮忙干起活来。海伊管爸爸的修理店叫"轮胎店"，虽然听起来比"老鼠洞"要顺耳些，灿宇还是心里不舒服。但他也知道，海伊这么说没有取笑的意思。海伊平日里说话也是没个正经的，想到这些，灿宇心里顺畅了许多。

海伊的爸爸又装了满满一袋有瑕疵的梨。

"这些够了吗?"

"够了……"

"这袋子是送你的，拿回去切开，招待客人也不寒碜。味道和好梨是一样的，就是样子不好看。不是因为冰雹，这些也能卖个好价钱。"

灿宇感激地接过梨，更加觉得不好意思，他用蚊子哼哼一样的声音对海伊爸爸说："谢谢叔叔……"

海伊爸爸又挑出一袋好梨递给恩雅。

"这个你拿上，你们一起回去，挂在自行车上带回家。"

灿宇和恩雅双手捧着装得满满当当的梨小心翼翼地走出仓库，生怕梨子滚落下来。没走多远，海伊跑了上来。

"你们这样，小心被说闲话哟！"

海伊的口气酸溜溜的，像是挖苦，又像是在赌气。刚才在仓库，恩雅跟海伊说再见的时候，他一言不发，

头都不抬。现在又追上来说些莫名其妙的话。

灿宇回头看的时候，海伊已经转身往回走了。

"你不知道吧?"

"什么?"

"海伊想和你做朋友。"

灿宇大为震惊，恩雅说的是什么胡话？恩雅似乎预料到了灿宇的反应，肯定地点了点头。

"要不怎么说男生都没有眼力见儿呢，我不说你永远都不会知道。"

"我知道什么呀?"

"我都感觉到了，你怎么一点都觉察不到呢？海伊故意和你开玩笑，是想和你亲近。谁让你平常总是一副生人勿近的样子。"

"……"

"你们明明可以做好朋友的，为什么总是打架。"

灿宇只是听着，没有回话，低着头默默地向前走。恩雅的话好像对，又好像不对。其实对灿宇来说，海伊带给他的感觉总是和其他同学不一样。海伊对于灿宇，是个很特别的存在。

"海伊也是这么想我的吗?"灿宇在心里问自己。

花生田工人

　　星期天，灿宇将修理店的门打开。有段时间没开门了，店里的地需要清扫，还有些零活要干。最重要的是，灿宇想让大家知道，修理店还在正常营业。

　　没活的时候，灿宇和爸爸一样，默默坐在店里的椅子上往外看。开店的事要是被爸爸知道了，他又会大发雷霆吧。但是灿宇想好了，哪怕爸爸再像上次那样发火，他也绝对不会出言顶撞了。

　　海伊哥哥穿着做事的工服，推着一辆自行车走了进来。

　　"你是海伊的同班同学吧?"

海伊哥哥认出了灿宇，露出明朗的笑容。灿宇站起来，弯下腰问了个好。

"我还一直好奇这家店主人是谁，看来是你爸爸吧。对了，你叫什么来着?"

"灿宇。"

"对对对，灿宇，你爸爸在吗?"

海伊哥哥四下张望。

"要修车吗?"

"嗯，后轮胎总是漏气，得赶紧修好。你爸爸去哪儿了?"

"我也可以修。"

"你?"

灿宇的自告奋勇在海伊哥哥那里落了个空。海伊哥哥连连摇头，一副不信任的样子。灿宇不想丢掉差事，连忙搬凳子坐在了车前。

"我修过不少车呢。"

"你怎么还拆轮子啊？等等，可别把车弄坏了啊。"

"别担心。"

灿宇熟练地将轮子从车上卸了下来，海伊哥哥没有再阻止，而是在一旁坐了下来，默默看着灿宇做着一切。

灿宇先将气泵的一头插在轮子内胎的充气口充气，随后将充满气的内胎放进水盆里，一边转一边用手揉捏，不一会儿就找到了漏气点。

"还真是像模像样，难怪你爸爸放心把店交给你。"

灿宇没有接话，只是闷头干活。

"还能给自己偷偷赚点零花钱，挺不错的，对吧？"

这次灿宇也当没听见，加快了手里的动作。

灿宇将橡胶剪下合适的大小，又将橡胶块的边缘尖角剪掉，磨了磨，然后涂上胶水，贴在漏气处。等胶水干透，他将内胎塞回轮胎，充好气。

一旁的海伊哥哥被灿宇这一番流畅的操作震惊了。就在这时，房东大叔走了进来。一见到大叔，灿宇这才想起，房租有时间没交了。

"你爸爸经常回店里来吗?"

"……"

灿宇不知道该如何回答，只能摆弄着弄脏的手。房东大叔一边打量，一边发出啧啧的声音。比起房东大叔，灿宇更关心的是，海伊哥哥这时候还在店里。

"就这么把店放着就走了，啧啧，你妈妈也是够操心的。不过，看样子，你爸爸是在外面赚大钱了，保不准回来又开一家店呢。回去问问你妈妈的意思吧。"

最后，房东只是咳嗽了几声，就离开了。灿宇轻轻

地叹了一口气。

要是爸爸从外面回来，发现店已经换主人了，他会不会难过？或许，他早就把修理店抛在脑后了吧。不过，妈妈从来没有说要把店关张的事，灿宇也决定只字不提。中秋节爸爸就会回来了，一切都到那时候再做决定吧。

"是不是拖欠店租了？"

海伊哥哥捏着自行车轮子，随口问道。灿宇默不作声，只是收拾着地上的工具。海伊哥哥将补胎的钱递给灿宇，咧嘴笑了。望着海伊哥哥的笑脸，灿宇也不自觉地嘴角上扬。

"我倒是有一个赚钱的主意，你想不想听？比你待在这个店里等生意强。"

"嗯？"

"我家的花生田里缺人手，这不，我都被派来跑腿了。摘一斗花生能赚 3000 元①，手脚勤快的话，一天能赚不少，有想法就来吧！"

海伊哥哥拍了拍灿宇的肩膀，离开了。灿宇一屁股坐在椅子上，呆呆地望着海伊哥哥离开的方向，映入眼帘的还有布满灰尘的焊接工具。

"爸爸，你在哪里？我该怎么办？"

就算灿宇放着不管，妈妈也会想办法的。但是灿宇想帮爸爸守住修理店。

一开始，灿宇并不打算去花生田。但他一人待在空荡荡的店里时，脑子里总是乱哄哄的。他现在终于明白，爸爸一个人在没有生意的店里时，是怎样的心情了。

"不行就去海伊家的田里，靠劳动赚钱也没什么丢人

①一斗等于6.25千克，韩币3000元约相当于人民币18元。

的……"

灿宇下定了决心。要是平山和恩雅又来店里，就不好去花生田里打工了。

锁上店门，灿宇骑上车就往野外洼地的方向赶。他的心怦怦直跳，能赚到钱的兴奋和遇见海伊的担忧交织在一起。一路上，灿宇思绪万千，但丝毫没有打退堂鼓的念头。

到了海伊家的果园，灿宇才想起自己根本不知道花生田的位置，就这么冒冒失失跑来了。果园里静悄悄的。

"打扰一下，有人在吗？"灿宇大声问。没有人回答。

灿宇又大声喊了几句，依然没有动静。正当他打算离开，自己四处找找的时候，果园仓库的门开了，一位大婶走了出来。大婶看上去上了年纪，病恹恹的。

"你找谁？"

来人好像是海伊的妈妈。

"那个，我听说花生田要招工人，所以……"

大婶点点头，指了指果园上方。

灿宇道过谢后，转身向山上走。一大片的花生田，从果园延伸开去，一直到了那边的山脚。偌大的田里，有不少工人正在劳作。看着这些工人，灿宇突然觉得身上的担子重了几分。

灿宇又想起了海伊。在这里工作的话，肯定会遇见他吧，遇见他的时候，自己该如何反应呢？灿宇走进了花生田，一到田里，松软的泥土就直往鞋子里灌。

"不管怎样，来都来了。"

灿宇这么想着，将自行车停在草丛中，深呼一口气，抬起头，大大方方地往前走去。他先去了海伊爸爸那边问好。

“您好，我是来干活的。”

海伊爸爸露出难以置信的表情。

“我这儿是需要人手不错，但是你还太小。”

“我可以的，我能干得和大人一样好，您就放心吧。”

“你这孩子，口气倒不小，累坏了我可不负责啊。”

“嗯。”

“好，那你先去那边的花生堆。”

灿宇向海伊爸爸指的地方走去。

刚从田里收上来的花生，通过长长的根连在秧上，堆在一起，成了一座小山。灿宇的工作是将花生摘下来，装袋。灿宇二话不说，坐下就干了起来，他不停地摘和装。不一会儿，灿宇的手指就疼起来。

“灿宇来了啊。”

海伊哥哥的脸突然从“花生山”后露了出来，灿宇不好意思地冲他笑了笑。

"你运气真好，来晚一点，这个可就没了。"

海伊哥哥将充当午饭的面包和牛奶还有工作用的手套递了过来。灿宇心中很是感激，接过东西的时候，灿宇又想起了爸爸。

爸爸在给别人做事的时候，会是怎样的心情呢？辛辛苦苦赚来的钱，全部都留给了家里，自己空手离开家，爸爸会不会感到空虚和委屈呢？爸爸是能够默默地忍受艰辛和孤独的人啊！

到傍晚的时候，灿宇一共摘了五斗花生。

"灿宇做了和大人一样多的活啊，真是辛苦了。"

给灿宇发工资的时候，海伊的爸爸称赞道。灿宇心里美滋滋的，也庆幸自己没有遇见海伊。但代价是酸痛的双手，还有快要直不起的腰。回家的时候，灿宇累得差点连自行车都蹬不动。

听说灿宇第二天来不了，大人们都为少了个有力的帮手感到可惜。

"今天在店里补了好几个胎，还做了一些简单的修理的活儿。"

把钱递给妈妈的时候，为了打消她的疑虑，灿宇撒了谎。好在妈妈没有多问什么，只是叮嘱了灿宇要好好学习，不要过多浪费时间在店里。

躺在铺上，疲惫潮水般涌来，还没翻身，灿宇就睡着了。

羞　愧

早上醒来，灿宇浑身酸痛，像被人狠狠揍了一顿一样。好在一夜无梦，睡了个好觉，也算是恢复了精神。

灿宇又想去花生田里干活了。早点去的话，就能摘更多的花生，赚到更多的钱，欠恩雅家的药钱也能还上了。但是去田里的话，就不能去上学了。

灿宇摇了摇头，还是去了学校。赚钱的想法一直在脑海里盘桓，上学的路上，灿宇一直闷闷不乐的。

明明知道逃学去打工是不对的，但再去工作一天的欲望却愈发强烈，最后战胜了灿宇的理智。

灿宇决定再去田里。昨天完成了大人的工作量，想必今天海伊爸爸也会给自己活干。

灿宇将书包放在修理店，装好手套，骑上车就往果园的方向赶。虽然下定了决心，但心里总是不那么爽快。与去上学的孩子不同，灿宇心里像装了一块石头，分外沉重。

海伊爸爸见灿宇来了，瞪大了眼睛。

"怎么不去上学呢?"

"……"

灿宇一阵心虚，低下了头。

"你打算逃学吗? 非做工不可?"

灿宇没底气地点了点头。海伊爸爸鼻子里哼了一声，灿宇的脸红了。

"你爸爸怎么回事，怎么能让孩子不上学，来打工呢?"

海伊爸爸的话犹如醍醐灌顶，让灿宇一下子清醒过来。

"原来我做的这些，会让爸爸被人误会啊！"

灿宇很是后悔，但是也只好硬着头皮继续干活。他夹在大人们中间，接过装花生的袋子，去了摘花生的地方。

灿宇心中羞愧，都不敢直视海伊的爸爸。想着学校的事，灿宇心中一团乱麻。

要是爸爸在这里，一定会大骂自己一顿。但做都做了，世上没有后悔药可吃。

"既然来了，就要把事做好。"

灿宇这么想着，干起活来。一整天，他都没怎么休息，好像只有拼命劳动，才能抵消心中的罪恶感。但扔下手里的活就这么跑掉的想法，也会时不时地冒出来。

这一天对灿宇来说，漫长又无聊。当灿宇好不容易收够了五斗花生站起来的时候，孩子们也陆陆续续放学回来了。

灿宇拖着重重的花生袋去领钱，他的心情比手中的花生袋还要沉重。

"拿回去吃，明天可不许来了，一定要去上学，嗯？"

海伊爸爸递过来一袋花生。灿宇感到更加羞愧，他没有接受花生，骑上车逃跑一样往外走了。灿宇朝着与放学回来的孩子相反的方向拼命骑，他很想大哭一场。

"对不起，爸爸，我错了。"

灿宇很不想遇见放学回来的同学。但事与愿违，骑车回来的海伊出现在洋槐路的尽头。

一瞬间，灿宇心中无比慌乱。

今天这种情况，不管海伊怎么嘲笑自己，都无法反驳。灿宇自觉理亏，只想找个地方躲起来。但他还是做足气势，昂着头迎上前去。

看见灿宇，海伊从自行车上下来了。见此状况，灿宇也下了车。两人擦身而过的时候，海伊只是面无表情地默默看了灿宇一眼，什么话也没有说。

灿宇停下脚步，转身向海伊离开的方向望去。海伊没有回头。海伊冷漠无视的态度，让灿宇心里更加不好受。

灿宇将自行车放倒在围堰上，自己下了堤坝。

躺在堤坝的斜坡上，灿宇的眼泪终究还是流了下来。明明是做了同样的事，今天的心情和昨天有着天壤之别。灿宇觉得无地自容，内心的苦闷无处宣泄。不去打工，今后就无法帮妈妈分担了。苦恼中，灿宇想起了爸爸的话："你得好好读书，读书人能干的事多着呢。"

爸爸口中"读书人能干的事"显然不是摘花生、补轮胎。想到这里，灿宇羞愧地把脸埋在膝盖里许久。

许是因为太累了，灿宇的脑袋昏昏沉沉的，一阵困意袭来，他差点就这么蜷缩着睡着了。恍惚中，有人走到了身边。

"我就知道你在这里。"

是恩雅。天快黑了，暮色下的恩雅，脸上有一丝怨气。灿宇不想说话，也不想恩雅知道今天的事，心中盼着她能早些离开。然而，恩雅在他身旁坐了下来。

"你从来都没逃过课，老师很担心你。有什么事吗?"

"……"

"到底怎么了? 能告诉我吗?"

"什么事也没有，就是不想上学。"

灿宇轻描淡写地说完，一下站了起来。

恩雅再问下去，自己保不准全都会说出来。

"灿宇，别这样，你还有朋友呢，有事可以和朋友说的。"

"我不配做你们的朋友，你也好，平山也好。"

"为什么这么说？"

听了灿宇的话，恩雅瞪大了眼睛。恩雅明明心里明白，却装作一副不知道的样子。

灿宇突然感到莫名的烦躁。他一边后退一边说："不要再对我好了，这样有意思吗？我宁愿你和海伊一样，欺负我，嘲笑我，也不要同情我。你们总是帮我，我却什么都不能给你们。这样的我，连我自己都讨厌，怎么能做你们的朋友呢？"

说完，灿宇把恩雅晾在身后，自顾自地走了。恩雅没有回话，也没有跟上前来。灿宇像是做了坏事一样，慌慌张张离开了围堰。

寂寞的中秋

"好香啊!"

英珠朝厨房张望,不时地咽着口水。

今天妈妈早早地从集市回来,就开始在厨房忙活。听着从厨房不时传来的声响,灿宇才感受到了一丝中秋节的气氛。往常家里太寂静了,自从离开家乡,灿宇一家就和老家的亲戚断了来往。每到节日,灿宇就更加感到凄凉。

想着爸爸今天晚上可能要回,英珠把家里里外外打扫得干干净净。

"哥,我的向日葵怎么样?"

英珠站在院子里问。英珠的向日葵已经结出沉甸甸的果实，花盘被果实压得低了头。不知不觉，秋天到了。

"一下子就长这样了啊，它真的会跟着太阳转吗？"

"我也没看见过。不过不用看，肯定会跟着太阳转的，不然它怎么能结出这么多籽呢？不被看见都会默默长大，我最喜欢向日葵了！"

"不被看见都会默默长大，所有的花都这样，可不只是向日葵。"

"我不管，反正我的向日葵就是不一样！"

英珠不服气地嘟了嘟嘴。

这时，妈妈拎着一个包裹出来了。

"灿宇，你去一趟药房。把这些牛肉和黄花鱼送过去，上次多亏了人家。

"记得，一定要好好给人家道谢，明白吗？"

"……"

灿宇接过包裹，看了看英珠。英珠显然是怕被叫去跑腿，一下就跑里屋去了。不得已，灿宇只好接了这个"苦差事"，他在大门口磨蹭了好久才动身。

自从上次在围堰上分开后，灿宇就有意无意地避着恩雅。在学校的时候，他也只是和平山一起玩。自己对恩雅发了那么大的火，灿宇觉得很不应该。恩雅怕是再也不会像以前那般对自己了。

"真是不想去药店啊……"灿宇想。

手里的包裹散发着淡淡的鱼腥味，恩雅的妈妈会不会嫌弃呢？好在灿宇的担心是多余的，收到灿宇家的礼物，恩雅的妈妈很高兴。

"真是太有心了，你妈妈那么忙，还想着我们。谢谢你们，这么好的黄花鱼，就算过节我们家也是舍不得买的，这怎么好意思。"

恩雅不在店里。没有见到恩雅，灿宇庆幸之余，又感到一丝失落。

从药店出来，灿宇去了修理店。修理店的门板已经松动，挂在门上的锁也生锈了。低矮的、小小的修理店，看起来是那么的寒酸。

修理店的屋檐底下堆满了自行车零件。眼前的一切，又让灿宇想起了爸爸。

"说不准爸爸已经到家了呢?"

灿宇这么想着，赶紧回了家，然而家里并没有爸爸的影子。

爸爸总是说自己没脸见老家的长辈，所以过节从不肯回去。每到节日，灿宇一家都留在这里，绝口不提老家的事。但灿宇觉得，只要一家人在一起，在哪里过节

都能开开心心的。

今年的中秋也一如往年，唯一不同的是，爸爸已经两个月没有和家里联系了。

英珠推开灿宇的房门，探出头说："哥，恩雅姐姐来了。"

灿宇心里打起鼓来。

"说是来向妈妈说谢谢的。"

屋外传来了恩雅的声音。灿宇轻轻站起来，整理了一下衣服，走出房门。地板上放着一盘刚蒸好的年糕，恩雅坐在一旁。

恩雅没有看灿宇一眼，起身向妈妈道别后就走了。灿宇呆呆望着恩雅的背影，既失落又生气。

夜深了。

灿宇辗转反侧，毫无睡意，脑子越发地清醒。他起身打开灯，开始做起数学题来——这是灿宇的习惯，随着难题一步一步地被解出，混乱的思绪好像也一点一点地被理清楚了。

妈妈房里的灯也直到凌晨才灭。沉闷的一夜总算过去，中秋的黎明来了。

爸爸还是没有回来。灰蒙蒙的天空就像灿宇此时的心情。大概是昨晚熬夜了的缘故，妈妈和英珠还没有起来。

灿宇有些窝火——爸爸竟然连过节都不回来。这个中秋又有什么意义呢？

早饭晚了些，吃完饭，灿宇就出了门。

灿宇漫无目的地沿着围堰走，路边随处可见祭祀①的

———————————

① 韩国有中秋节祭拜祖先和逝去亲人的习俗。

人们，看到那些聚在一起的家庭，再想到自己家，灿宇感到更加烦闷。走着走着，不知不觉就到了山里。

先是有一片墓地，只零零星星地竖立着几块墓碑。越过墓地，灿宇继续往里走，树木渐渐茂密，几乎将天空遮蔽。山里长了不少的橡树和栗子树，橡子和栗子掉了满地。灿宇找了一块岩石，坐了下来。

灿宇抬头向上看，透过树叶之间的缝隙，隐约可见蔚蓝的天空。他心中舒坦了些，双手枕在脑后躺了下来。在这深山里，还能看见天空，真是幸运。

灿宇的目光穿过树叶，直视天空。渐渐地，他的眼前就只剩下那一抹蓝色。天空好似平静的大海，自己仿佛置身于海底。石头又硬又凉，灿宇的背被硌得有些疼，浑身也有点发冷，但他还是闭着眼睛躺了好一会儿。

等灿宇睁开眼睛的时候，阳光已经有些刺眼。

　　清朗的秋日阳光锐利地洒下，将每一片橡树树叶都照得分明。树杈在阳光的照射下一览无余，灿宇好像来到了一个前所未有的神秘世界，一切都是那么的新鲜。

　　阳光毫不吝啬地抚摸着每一片树叶，所及之处，树叶都穿上了一层金色的外衣。不知从何处传来了一阵鸟叫，似弹珠在地上滚动。灿宇屏声静气地听着，感受着。慢慢地，他的心情变得开朗，整个身体都飘飘然起来。

　　偶然间，还能看见鬼鬼祟祟的蛇静悄悄地在落叶间穿行，最后消失在草丛里。虽然还是会被吓得起一身鸡皮疙瘩，但这种感觉倒也别有一番滋味。

　　灿宇捡了一些栗子装进口袋，下了山。

　　他回头望山。从此，那里多了一个属于自己的秘密小天地，灿宇感到很满足。

　　虽然是中秋节，恩雅家的药店也没有歇业。灿宇在药店门口徘徊了好一阵，药店里的一位姐姐见状问道：

"是恩雅的朋友吗？"

好像是恩雅那位上美术学院的姐姐。

"嗯，是……"

灿宇一时语塞，尴尬地摸了摸后脑勺。

"要我叫恩雅出来吗？"

灿宇摇了摇头，从口袋里掏出一把栗子，放在柜台上后，就离开了。灿宇一直后悔上次对恩雅做的蠢事，但时间无法倒流。

回到家，灿宇看见院子里晾满了衣服。妈妈应该是一早就开始洗洗涮涮了，英珠在忙着准备运动会上要用的东西。妈妈和英珠没有说一句话，灿宇也没有什么要讲的。

这个中秋节，就这么冷冷清清地过去了。

运动会

　　操场上彩旗飘扬，跑道上一条条鲜玥的白线，被装饰得五彩缤纷的领奖台——运动会来了。灿宇感受着运动会的气氛，心情也有些紧张，但想着妈妈会送午饭过来，心中宽慰了许多。

　　同学们聚集在一起，商贩和观众们也陆续进场。操场上很快热闹起来，跑道上尘土飞扬。

　　恩雅和海伊形影不离，他们要帮助老师处理一些运动会上的事务，还要给来参观的大人们做向导，维持会场的秩序。每每看见走近身边也对自己不理不睬的恩雅，跑来跑去显得很忙碌的海伊，灿宇心里总不是滋味。尤其是看见两人说说笑笑的时候，灿宇更觉得堵得慌，海伊八成是把自己去花生田打工的事也告诉恩雅了吧。

英珠过来了。

"哥，妈妈来了，就在那边的草坪那儿，午饭的时候，你过来啊。"

"是在那边的大树下吗?"

灿宇踮起脚尖，伸长脖子往梧桐树的方向张望。人很多，虽然没有望见妈妈，但知道妈妈就在那里便已足够，灿宇心中踏实，心情也敞亮了很多。他摩拳擦掌，觉得自己一定能跑出好成绩。

午饭时间，灿宇朝着梧桐树那边的草坪走去，与拿着水壶的恩雅打了个照面。正当灿宇想和她打个招呼时，恩雅径直去了自己家人所在的地方。恩雅和海伊坐在一起，灿宇不想打他们面前过，转身绕到了另一边。没想到，还是碰见了海伊。

海伊叫住了灿宇，灿宇皱着眉头转过身来。

"一起来吧?"

海伊用下巴指了指家人在的地方。灿宇觉得海伊一定是在拿自己打趣，他心中受伤，理也不理自顾自往前走。海伊伸手拦住了他，递过来一个纸袋。

"那你拿着这个。"

"……"

想也不用想，里面装的一定是吃的东西。灿宇越发觉得憋屈，睁大眼睛，冷冷地看着海伊。

海伊拿袋子的手停了好一会儿，脸因为尴尬变得通红。灿宇故意撞了一下袋子就想走，没想到袋子跌落在了地上。

"你这是干什么?!"

海伊捡起袋子，大声说。听见动静，恩雅转头向这边看来，灿宇当作什么也没看见。

"你就这么想捉弄我吗？"

"什么捉弄？你这人到底在想什么啊？"

海伊很不高兴的样子，喃喃自语。

灿宇头脑发热，握紧了拳头。但恩雅一家就在一旁看着，他也不好发作。

眼看两人之间的"战火"一触即发，恩雅连忙跑了过来。

"灿宇，我们只是担心你妈妈来不了，所以……"

果然如此，灿宇越发觉得讨厌，他看都不想看恩雅一眼。他讨厌恩雅和海伊站在一起小心翼翼向自己解释的样子。

"恩雅，别管他。他就是个不知好歹的家伙！"

"说什么呢?!"

灿宇一下抓住海伊的胳膊。

海伊手里的袋子又掉了下来，这下他再也忍不住，挥起了拳头。

"你知道这是什么吗?"

"我管它是什么，少来取笑我!"

"别打了!"

灿宇和海伊都怒气冲冲，恩雅夹在两人中间，不知所措。

"我早就警告过你，别惹我!"

灿宇瞪了恩雅和海伊一眼，转身就要离开。海伊上前几步，在灿宇身后说话了。

"李灿宇，你就是个穷鬼——你心里穷得什么都没有。"

海伊的话像一把尖刀，狠狠地刺向灿宇。好似被人抓住了脚踝，灿宇的身子摇摇晃晃。他感到一阵眩晕，脚步也轻飘飘的，像是被抽走了魂。

灿宇满头大汗，眼前一阵发黑，只想找个地方坐下来。

呵，"穷鬼"，他们早就想这么说自己了吧，忍到今天，也是不容易啊。

"哥，你怎么这么晚才来？"

英珠的声音把灿宇拉了回来，不知不觉他已经走到了妈妈这里。妈妈看着灿宇的样子，眼里满是关心。

"热吗？怎么流了这么多的汗？"

妈妈让灿宇坐在阴凉的地方，打开了饭盒。看着满满一盒的紫菜包饭，灿宇的眼泪差点要掉下来，他连忙拿起包饭就往嘴里塞，一下子就噎住了。

"哎呀，慢点吃，喝点水……"

灿宇不停地咳嗽，妈妈轻轻拍着灿宇的后背。

"以为我没饭吃，所以拿吃的给我。"

想到自己竟然要被人这么可怜，灿宇就觉得很自卑。他摇了摇头，更加觉得郁闷。

"我把饭盒拿回去，你好好比赛。我这就得走了，和人约好了说店的事情。"

"店？是要把修理店转给别人吗？"

灿宇担心地问，妈妈看了看灿宇，笑了，像是让他放心。

"那是爸爸的店，当然是要他说了算。"

"那是什么店啊？"

"一下子说不清，到时候你就知道了。"

妈妈收拾好饭盒就走了。灿宇靠在树上，望着妈妈离开的背影。阳光很刺眼，妈妈的身影渐渐淹没在人群中，消失不见。灿宇很想放弃下午的比赛，跑到山中那个秘密基地。他觉得，自己似乎无法面对恩雅和海伊，无法面对这里的一切。

广播里传来了运动会开始的消息。

运动场中间，同学们正表演着呼啦圈舞。在舞蹈最热烈的时候，"领客跑"比赛开始了。

"领客跑"，顾名思义，就是"带领客人跑"的比赛。参赛同学捡起地上的纸条，找到观众中符合纸条描述的人，拉着手一起赛跑。

灿宇跑在第一，率先捡起了纸条，纸条上写着"老奶奶"。灿宇环顾四周，终于找到了一位，但这位老奶奶显然是上了年纪。

"哈哈哈……"

观众们对着落在最后的灿宇和老奶奶大笑，老奶奶年纪大了，跑不快，只能一步一步往前挪。虽然大家的笑是开心、善意的笑，但灿宇还是感到很难为情。

然而恍惚间，灿宇好像看见了爸爸，爸爸正在人群中，向自己鼓掌。

灿宇停下脚步，不敢相信自己的眼睛。老奶奶一把抓住了灿宇的手。

"你这孩子，磨蹭什么。"

灿宇被老奶奶拉着走到了终点。

比赛一结束，灿宇就去刚才看到爸爸的地方寻找，却没见到爸爸的影子，周围也没有和爸爸长得相像的人。

"可能是看错了吧。"灿宇万分失望，转身往回走。

"加油，加油!"

另一边，大家正在为跑在第一的那对鼓掌加油。灿宇心不在焉地往那边瞥了一眼，随即瞪大了眼睛。

和海伊一起跑在前头的人，不正是爸爸吗？灿宇一眼就认出了穿着西服的爸爸。

"啊！爸爸!"

灿宇紧盯着爸爸，跟着跑了过去。他的视线片刻都不敢离开，生怕爸爸会消失在人群里。

他等在终点，比赛一结束，就迎了上去。

爸爸找了个树荫坐下，许是跑得太急，爸爸看起来有点累。

"爸爸!"

看见灿宇，爸爸并没有很惊讶，只是微微笑了笑。

虽然知道自己不是做梦，灿宇还是呆呆地站在了原地。

"过来吧。"

爸爸向灿宇招手示意。

"我这里正好有事要做，也想着来看看你们。"

"你还要走吗？要去哪里？"

爸爸没有回答。

"你回家了吗？看见妈妈了吗？"

"回了，但是你妈妈不在。"

"妈妈现在应该回去了。"

"来你们学校都是好不容易抽空的，我得赶紧走了。"

灿宇目不转睛地盯着爸爸看，想要把爸爸的样子印在脑海里。

爸爸的两颊深深地凹了下去，看样子像是受了很多的苦。

"你现在长大了，知道关心家里、关心妈妈了。有你在，爸爸也能安心地去做事。我把这些日子赚的钱留在

了柜子里，让你妈妈拿着钱，到市场上寻摸一个小店盘

下来。这个中秋节我回老家扫墓去了，所以没空回家。

家里没什么事吧?"

灿宇摇摇头。

"不要光想着赚钱，总往修理店跑，那是大人们该操

心的。如果要你承担这些事，爸爸妈妈的辛苦就都白费

了，明白吗?"

灿宇低下了头。想到自己过去的所作所为，羞愧

不已。

"那我怎么和妈妈说啊?"

"什么怎么说，就说爸爸来过了，又走了。对了，本

来我只是想看你一眼就走的。那个和我一起跑的孩子是

谁啊?"

"他叫海伊。"

"哦，那孩子真是的，一上来就拉着我不撒手，害你老爸也被迫跑了一圈，哈哈哈，这小子……"

爸爸站了起来，灿宇也跟着站了起来。

"你什么时候再回来?"

"再说吧。"

爸爸向校门口走去。这些日子，爸爸消瘦了许多。西服松松垮垮地套在他的身上，显得很不合身。那些运动器械和校门，是这个夏天爸爸在烈日炎炎下修理好的。爸爸没有看它们一眼，就匆匆离开了。他甚至也没有回过头再看灿宇一眼。灿宇这才想起，自己还没有和爸爸说再见。

"你一定要好好的啊，爸爸。"

灿宇一直站在那里，直到彻底望不见爸爸的背影。

爸爸一直都是一个能够独自忍受孤独和痛苦的人啊!

虽然爸爸只是停留了一小会儿，但灿宇觉得自己又能够相信爸爸、默默等待他的归来了。

妈妈一直在哭，晚饭也没吃。即便灿宇不说，妈妈也一定是发现爸爸回来过了。

堆在井边的，是爸爸换下来的工作服。

妈妈把工作服摊开，看了看，又伤心地躺下了。她把用报纸包得整整齐齐的一沓钱放在枕边，问灿宇："你爸爸看起来还好吗?"

妈妈的鼻子像是被堵住了，发出的声音浑浊不清。

"还好，就是瘦了些。"

"唉，活着是为了什么啊?"

妈妈叹了口气。

灿宇走出屋外坐了下来，默默地望着爸爸留下来的工作服。

工作服上满是窟窿，裤子上的膝盖位置也被磨破了——爸爸是有多辛苦，连衣服都被穿成了这样！

天空渐渐暗下来，爸爸那坚强、高大的身影，穿过幽暗的夜，清晰地出现在灿宇眼前。

狐狸和玫瑰

　　灿宇走进树林，随着一阵窸窸窣窣的声响，一只田鼠嗖的一声蹿出，很快又消失不见。

　　"这次会不会又能看见蛇呢?"灿宇这么想着，四下里仔细地看了看，没有发现蛇的踪迹。也许蛇察觉到了灿宇这位"入侵者"，躲起来了吧。树林里静悄悄的，只有风吹树叶的声响，最多也只有几颗栗子从树上掉落的声音。灿宇在树林里待了一上午，一会儿看看树枝，一会儿悠闲地散步，或是坐在石头上看书，偶尔剥几颗栗子来吃。在这样的环境中，灿宇觉得自己就像是个诗人。

　　自从上次见过爸爸后，灿宇再也没去过修理店。他埋头苦读，为最后一学期的期末考做着准备。

这段时间，不知是因为只顾学习，还是拥有了朋友一般的树林，灿宇的心一直都很平静。

在学校免不了和恩雅、海伊见面，灿宇也只是波澜不惊地和他们擦身而过。海伊说自己是穷鬼的那句话，灿宇怎么也摆脱不了，但想起自己也对他们做了些错事，灿宇决定不再放在心上。想起海伊帮自己留住了爸爸，灿宇反而觉得，自己欠海伊一个道歉。

走出树林，温暖的阳光落在灿宇的肩膀和脊背上。灿宇沿着小路走到了围堰上，路两旁是稻田，田里的麦子已经成熟，放眼望去，一片金黄色。

就在这时，灿宇看见了恩雅。

恩雅似乎在围堰上等了很久，在看到灿宇的一瞬间，露出了高兴的神色，但很快又叹了口气。

"除了这儿，你还会一个人去哪里？"

"你是在找我吗？"

"嗯，因为你就是个傻瓜，傻瓜是永远不会主动找别人的。"

灿宇坐在了堤坝斜坡的草坪上，恩雅也坐了下来。

灿宇静静地看着水面。微风吹过，漾起层层涟漪，水面轻轻波动，在阳光的照射下，像是有一条大鱼露出了它的脊背。

大鱼摆动着它的身体，每一片鳞片都闪耀着银色的光芒。

"中秋节那天，到我家店里送栗子的人，是你吧？"

恩雅笑着说，灿宇觉得很不好意思。

"海伊他最近怎么样？"

"既然这么关心，你怎么不亲自去问？唉，他妈妈病得很重，海伊每天都很担心。"

灿宇想起了去果园的时候，曾和海伊妈妈打了个照面。如果是自己妈妈病了的话，心里一定也会很难受的。

"出来很久了，我得回家了。星期六尔得和我去一个地方。"

"什么地方?"

"下周六城里的文化馆有音乐会，演员都是优秀中学生，我正好有两张票。"

"音乐会?"

"不去的话，票就浪费了，你一定要去哦。还有，我们不也马上就是中学生了吗?"

恩雅笑了笑，忽地站了起来，似乎灿宇答应与否对她来说并不重要。

"星期六下午三点，文化馆门口，不见不散。"

灿宇呆呆地望着恩雅，恩雅举起小指，做了个拉钩的动作，快步走远了。

恩雅"自作主张"地定下了和灿宇的约定。在学校的时候，却又和先前一样，只和女生们玩闹，没有和灿宇多说一句话，只是偶尔经过灿宇身边时，她会轻声说："周六下午三点，文化馆。"

恩雅的所作所为，让灿宇有些混乱。这一周，灿宇都晕乎乎的。周六很快到了，灿宇下定决心去赴约。他仔细地洗了洗脸，换上干净的衬衣。出门前，还照了照镜子。

平山来了，见灿宇这番模样，皱着眉头审视犯人一样盯着灿宇，又凑近闻了闻。

"太阳打西边出来了，你竟然还用了香皂。奇怪，你这是要去哪里?"

"不去哪里……"

"真不讲义气，你这是要扔下我吗?"

平山一路跟着灿宇到了公交站台。尽管平山再三追问，灿宇也没有透露半个字。

到达文化馆的时候，时间还很早。灿宇混在人群中，看着墙上的海报。突然，有人轻轻拍了拍他的肩膀。是恩雅。

今天的恩雅和在学校的时候大不一样：梳得整整齐齐的头发上扎着一条发带，身上的藏青色连衣裙找不到一丝褶皱。整个人看起来既美丽又大方。灿宇不禁低头看了看自己已经破旧的衣衫。

"海伊也许会来，和他哥哥一起。"

"嗯。"

"要是你还是不想见他，我们就先进去吧。"

灿宇摇了摇头。

灿宇和恩雅一起，坐在候客厅的椅子上等待。灿宇看见了恩雅干净透亮的皮鞋，对比之下，自己脚上那双破旧的运动鞋格外刺眼。灿宇偷偷地把脚缩在了后面。音乐会快要开始了，海伊还是没有出现。

观众席上坐满了人，但大家都很安静，偶尔的几声咳嗽声都分外刺耳。

这是灿宇第一次坐在黑暗的台下，看着明亮的舞台。这种感受他一辈子都不会忘记。音乐竟然有着如此的魔力，能够左右人的心灵，让人们时而欢笑，时而落泪。音乐也能够抚慰伤痛，解开心上的疙瘩。灿宇的心像是被击中，跳得厉害，他的呼吸变得急促，当看见歌唱者脸上幸福的表情时，灿宇的眼泪落了下来。

灿宇很感激拉自己来音乐会的恩雅。

　　散场的时候，天已经黑了。海伊不知道什么时候也来了，正和哥哥一起往外走。过了一小会儿，恩雅的妈妈和姐姐也过来聚在了一起。灿宇整个人都不自在起来。

　　"我们去吃晚饭，你也一起吧?"

　　"不用问，当然要一起来咯!"

　　海伊哥哥看着灿宇，露出友善的微笑。其他人也都纷纷应和，只有海伊一言不发。

　　见大家都盯着自己，灿宇感到很不自在。他是不好意思一起去吃饭的，能够来看音乐会，就已经很满足、很感激了。

　　"我得走了，家里人都不知道我出来了。"

　　灿宇草草地和大家道了别，就匆匆离开了。等到自己一个人的时候，他的心情才放松了些。

　　坐公交车回去的时候，灿宇一直盯着窗外。车窗在夜色的衬托下，成了一面镜子。镜子里的男孩正看着自己，他昂着头，露出骄傲的神情，带着冷峻、忧郁的气息。男孩直视着灿宇，像是要把他的一切都看穿。灿宇的心情低落，在男孩的脸上，他看到了真实镜子里看不到的东西——孤独。

天空高远。

音乐会过去了好几天，但灿宇一直沉浸其中，这些天他一直都觉得过得很充实。

从树林回去的路上，灿宇遇见了从海伊家送东西回来的恩雅。

灿宇坐在堤坝的斜坡上，恩雅也静静地坐在一旁。

"你的梦想是什么？长大了想做什么？"

恩雅问灿宇，灿宇没有回答。小时候，灿宇的梦想是成为消防员或是警察。但是现在，却不知道了，这个问题，似乎很久都没有想起过了。

"我读过一本叫《绿狐狸》的书，你想听听吗？"

"还有绿色的狐狸吗？"

"大概有吧。从前，红色的狐狸群里，有一只绿色的狐狸。绿狐狸的妈妈去世了，他感到很孤单，一直想有一个朋友，但是因为他是绿色的，其他的狐狸都不想理他。绿狐狸太想要一个朋友了，一个能够陪他一起生活、一起度过春夏秋冬的朋友。周围的红狐狸因为他的不一样都排挤他，绿狐狸很生气，于是开始欺负别人。终于有一天，有一个朋友过来说，自己不讨厌他，愿意和他做朋友。"

"是谁啊？"

"玫瑰花。"

"玫瑰花？"

"嗯，绿狐狸把玫瑰花带到了自己的洞里，和自己一起生活。

"绿狐狸以为能够永远和玫瑰花在一起，但是第二天，玫瑰花就枯萎了，花瓣掉了满地。绿狐狸觉得玫瑰花欺骗了自己，心里很难过，于是离开了洞穴。等他回来的时候，洞里还散发着玫瑰花的香味，这股香味一直都没有消散。绿狐狸不再感到孤单，他觉得玫瑰花一直都在陪伴着自己。"

灿宇默默听完了恩雅的故事，他不明白恩雅到底想对自己说什么。

"我觉得你就是那只绿狐狸，你的特别，总是让自己过得很累。"

"这是什么道理？"

灿宇笑了，随手捡起一块石头扔进水里。恩雅也扑哧一声笑了，她觉得自己好像长大了一岁，这种感觉很是奇妙。

"照你这么说，玫瑰花又是什么？真正的好朋友吗？"

"姐姐说，玫瑰花是梦想，心中期待的梦想。只要心里有梦，就不会觉得孤单。"

"我的梦想就是，成为药师叔叔那样的人。"

"我爸爸吗？我一直都想问你，为什么一直那么客气地说谢谢，付了药钱就行了啊。"

恩雅好奇地看向灿宇。

"我说的是营养剂。"

"营养剂？什么营养剂呀？"

恩雅一脸困惑，她的神情不像是装出来的。如果不是恩雅，那悄悄放营养剂的人，又会是谁呢？

"有好几次呢……"

恩雅矢口否认。

灿宇默默地盯着水面。

过了好一会儿，恩雅突然说道："我觉得是海伊……"

"什么？"

"上次你妈妈晕倒，英珠跑来药店的时候，海伊也在。他经常来药店给他妈妈买药，你说的营养剂，应该是海伊妈妈也在吃的。"

灿宇的大脑一片空白，什么事都想不起来。

但他却想起了运动会那天，海伊拿着纸袋呆呆站着的样子。想起了从花生田回来，海伊装作没看见他的样子，还有音乐会那天，一脸冷漠的样子。

"如果真的是海伊，我都做了些什么啊？明明是得了别人好处，却摆出一副了不起的模样，我……"

留下的东西

海伊变了很多，他不再像从前那样爱打闹。从上学到放学，他几乎没说一句话。今天甚至连自行车都没骑。

灿宇总是控制不住地去注意海伊。自从得知放营养剂的人可能是海伊后，灿宇就一直想要确认这个事实。

灿宇和海伊关系闹僵已经很久了，所以他一直找不到机会和海伊搭话。放学后，灿宇默默地跟在海伊后面，一直到了农协仓库。走过仓库，海伊就要往围堰的方向走了，再不说话，就又要等下次了。

然而海伊并没有回头，灿宇只好拎着书包，站在岔路口，看着海伊往围堰走去。

　　到了围堰，海伊停下脚步，下到堤坝的斜坡上，把书包往地上一扔，坐了下来。

　　"是不是发现我跟在后面了？"灿宇见海伊停下，心想。

　　海伊坐了好一会儿，也没有起身。

　　灿宇快步走过去，有样学样地扔下书包，在海伊身旁坐了下来。海伊侧头看了看灿宇，扑哧一下笑出了声。

　　"怎么老是跟踪我呢？"

　　灿宇也笑了，海伊的后脑勺是长眼睛了不成？每次都能被他发现。

　　"营养剂是你送来的吧？"

　　海伊没回答，只是拔了一根草，放进嘴里。

　　"你不是一直都很讨厌我吗？"

　　"烦死了，问那么多干什么？"

"真的是你吗？我不知道……对不起，运动会那天，
我……"

"你还会说对不起啊?"

海伊又笑了，灿宇突然觉得，海伊笑起来还挺可
爱的。

海伊一把一把地拔着草，很快，拔下来的草就堆了
一膝盖。他并没有停下来，一边拔草，一边说话。海伊
的声音明显软了下来，像是个幼儿园的小朋友。

"要是让你知道，不就打不起来了吗?"

"我也没想和你打架啊，以后再也不会打了。还有，
你既然讨厌我，为什么还要帮我?"

"有一位名人说过，'打不过就加入'。"

"哪位名人?"

"金海伊。"

灿宇噗地笑了，然而海伊并没有笑。

"我妈妈凌晨住院了，到医院的时候，脸色都发青了。她生我的时候年纪太大，落下了病，浑身骨头痛，站也站不稳，有时候气也喘不上来，只能一直躺着……"

海伊一边说，一边咬着嘴唇。灿宇还是第一次见到这样的海伊。想到妈妈当初病倒的时候，灿宇感同身受，不禁叹了口气。海伊还说，昨天整晚他都待在医院。

"妈妈病了，等于全家都病了，我知道那种感觉。那天，我看到英珠在哭，就想到了自己的妈妈，所以把营养剂送去了……"

灿宇无言以对，只能呆呆望着前面。事实上，他没有勇气直视海伊的脸庞。

"我一直觉得你总是故意来找碴。"

"以前确实是这样，不知道为什么，我看见你就想惹你。那是什么时候来着？你刚来这里的时候。"

"刚来的时候？"

"不是，你不会都忘了吧？"

"啊？"

"还以为你挺聪明，原来是个笨蛋啊。真是的，三年级的时候你不是转学过来了吗？一来就拿了第一，在老师那儿都出了名。当时我就注意到你了。"

灿宇眯起眼睛望着海伊，他说的是自己吗？怎么那些事，灿宇自己都毫无印象。

"那时候比现在还要冷一些。那天晚上，我和村子里的孩子一起，把你叫了出来。"

听到这里，灿宇总算想起来了。刚搬过来的时候，灿宇被叫到围堰上，和一群孩子打了一架。

灿宇想起当时妈妈一边帮他清洗伤口，一边说："小

孩子都是欺生的，以后不要去招惹他们。"

"当时你也在吗?!"

"你一个打我们好几个，英勇得很呢! 打输了，也不认，也不哭。"

灿宇抱着膝盖，笑了。原来这么长的时间，海伊一直都在关注自己。灿宇心里轻松了很多。虽然浪费了很多时日，但是以后自己和海伊会成为好朋友的，一定会。

天气渐渐转凉，树上的叶子开始落下。麦田里的庄稼也被收割完，只留下光秃秃一片。

英珠的向日葵低着头站在院子里。花盘已经枯萎，变成了黑褐色。英珠本想让葵花籽再成熟一些，就没有急着摘取，不料半夜被老鼠啃去了一半。

"该死的老鼠!"

英珠气呼呼地摘下向日葵，拿着棍子在院子里一顿翻找，想抓住糟蹋果实的老鼠。

"出来，给我出来！"

"别闹了，这不还剩下许多籽嘛！"

因为盘鱼店的事，妈妈今天没有去市场。

英珠扔下棍子，气鼓鼓地走过来，一屁股坐在地板上。

"妈妈，气死我了。"

"你是想把那些葵花籽炒了吃，还是想榨油拿去卖呀？"

"都不是，我好不容易养得好好的，一下子就被破坏了，你说气人不气人。"

"这么多的葵花籽不也是从一颗种子长成的吗？明年再种就是了。葵花籽是用来吃的，谁吃都一样。留下种子，其余的放在外面，放屋里老鼠会进来的。"

"不，我种的，我全都要！"

英珠不高兴地嘟着嘴。不过她还是找来一个袋子，挑了些籽装进去，又嗑了几颗，然后把整个花盘放在了屋外。

只剩下秆子的向日葵孤零零地站在院子里，看起来凄凄惨惨，灿宇就把它连根拔起了。

明天开始，就要期末考了。老师说，这次的成绩会直接影响到中学的录取。灿宇在书桌旁坐了下来，却没有翻开课本，而是拿起了一本关于黑洞的书。最近灿宇总往旧书店跑，淘了好几本关于宇宙的书。阅读的时候，灿宇沉入其中，入了迷。

在这广阔的宇宙间，人类是多么的渺小啊！宇宙到底是什么样子的呢？

天上的星星神秘莫测，天空就像宇宙中一扇巨大的玻璃窗。灿宇相信，总有一天，自己能够穿过那扇窗户，飞往更广阔的世界。

"要学习了吧？"

妈妈起身打开了门，准备出去。灿宇为自己看闲书的事，感到有些内疚。

"家里马上要开个鱼店，虽然味道不好闻，但那不算什么。总算有个能坐下做生意的地方了，你什么都别想，只要好好学习就成，快考试了吧？你爸爸……"

妈妈欲言又止，轻轻地关上了房门。灿宇一动不动地望着门坐着。冬天到来之前，爸爸能回来就好了。

爸爸，爸爸

冬天到了，屋子里生起了暖炉。灿宇忧郁地望着窗外飞舞的雪花。这段时间，爸爸一直都没有消息。

"灿宇，今天一起去医院看望海伊的妈妈吧。"

恩雅轻轻走过来说。

海伊的妈妈还在住院。这些时日，海伊话都变少了，也不会瞪眼看人、撞人肩膀了。更多时候，他只是一个人静静地坐着，看着窗外。

"海伊会愿意我们去吗?"

"会的，阿姨总是一个人躺在病床上，相信她也希望有人能去看她的。"

　　灿宇点了点头。天空低沉，临近放学的时候，雪终于落了下来。雪渐渐下大，孩子们兴奋不已，即便是冻得缩成一团，也争先恐后地往外跑。

　　灿宇和恩雅一起坐上了去市区的公共汽车。到了医院，他们买了花来到病房的时候，海伊已经在那里了。看见跟在恩雅身后进来的灿宇，海伊的表情有些许的不自然。

　　海伊的妈妈比在果园碰到的时候更加憔悴。看起来不像是海伊的妈妈，更像是奶奶。

　　"这是我们的同班同学，我们经常一起玩，但是他俩总是打架。"

　　恩雅指着灿宇，又指了指海伊，半开玩笑半告状地对海伊妈妈说。海伊妈妈向灿宇伸出了手，灿宇有些尴尬地上前握住了。

"我见过你，上次来果园的孩子，是你吧?"

灿宇想起了花生田的事，脸一下就红了。海伊妈妈的手瘦得只剩下骨头，软绵绵的，没有气力，像是孩童的小手。灿宇想起了妈妈结实、粗糙的大手——妈妈没有生病，就是这世上最幸运的事。恩雅坐下来和海伊妈妈说悄悄话的时候，灿宇和海伊走出病房，来到了走廊上。

"真烦，被你看见了我家这种状况。"

海伊好似抱怨地说，但紧接着，他又郑重其事起来："谢谢你来看我妈妈。除了恩雅，你是第一个来的同学。"

"烦什么，这有什么好丢人的。"

"不知道，反正不是什么好事，不想被人知道。"

"那我们扯平了，上次我去花生田的事，你不是也知道了。"

灿宇转头看着海伊，虽然现在心里已经放下，但在当时，他真的很担心海伊跟恩雅说起自己去花生田打工的事。海伊到底说没说呢？

"对，只有我一个人知道。当时，你和哥哥一起过来，一副什么都能搞定、自信满满的样子。但是第二天，你也太奇怪了吧，像变了一个人，垂头丧气的。"

"原来第一天就看见我了啊！"灿宇心里想着，笑了。

灿宇心里像被什么给填满了。想起过去发生的一切，虽然还是有些不好意思，但海伊真的是一个值得信赖的朋友啊！

回家的时候，雪已经停了。积雪已经融化，没留下一点痕迹。天很冷，从家里透出的黄色灯光在寒夜中显得格外亲切温暖。

还没进屋，灿宇就闻见了炖菜的香味——妈妈已经回来了。

走进院子，灿宇瞪大了眼睛。

屋外放着爸爸的皮鞋，那双后跟已经磨损的皮鞋，被整整齐齐地摆放着。鞋子的一旁，还有一个大袋子。

"英珠，英珠!"

没有叫爸爸，灿宇反而先喊了妹妹。

英珠笑眯眯地从厨房探出头来。

"回来了? 真的回来了吗?"

"你去店里看看呀，白天回来的。"

灿宇把书包往地板上一扔，飞快地跑出门去。

看英珠的反应，一定是爸爸回来了。灿宇的脚步轻快，就连迎面吹来的冷风都觉得格外爽利。

修理店里的灯亮着。

是真的! 爸爸回来了!

灿宇喘着气，看着映在玻璃窗上那模糊的身影。透过窗户，隐约可见跳动的炉火。

灿宇推开门，机油的味道和一阵暖气扑面而来，瞬间包裹住了他的全身。

正埋头做事的爸爸停下了手，抬头看了过来。爸爸没有说话，睁大双眼，似乎想要看清这"不速之客"。许久未见的爸爸对于灿宇来说一点都不陌生，爸爸好像从来就没有离开过。

"爸爸!"

"今天怎么回来得这么晚?"

爸爸的语气还是冷冰冰的，但灿宇却觉得无比幸福。

爸爸正在给一辆新车装轮子。旁边停着两辆已经装好了的车。组装自行车，要从轮子开始，把辐条一根根插好、拧紧。

"是有人订的自行车吗?"

"嗯,是个特别的订单,一定要做好才行!"

灿宇在爸爸身旁坐下,看着爸爸工作的样子。爸爸戴着老花镜,仔仔细细地插着每一根辐条。风吹着门板,发出细微的砰砰的声响。回家的路上,灿宇绕到小卖部,给爸爸买了一瓶烧酒和下酒的鱼干。这次,爸爸没有责怪灿宇乱花钱。

"你要知道,人活着,不能总想着撞大运。很多事情,也不是一下子就能干成。会遇见好事,也会遇见坏事,一直向前走,苦才会在后面。"

爸爸变了很多,他温和而亲切地和灿宇说着话。这样子的爸爸,灿宇还是第一次见。

"俗话说'三岁看大,九岁看老',小时候就什么都想要,长大了会更贪得无厌。你要明白,什么时候该做什么，做了就要好好做。'能赚钱就行了'，你现在还是这么想的吗?"

"不是。"

"对不起，爸爸没让你们过上好日子。爸爸已经尽力了，可你们还是那么辛苦。我这辈子就只能这样了，但你不一样，你的日子还长，总有一天，你会离开爸爸妈妈，去过你自己的生活。所以，现在，做你这个年纪应该做的事，不要再学爸爸了，好吗?"

"嗯。"

爸爸问灿宇听没听明白自己的话，灿宇坚定地点了点头。爸爸欣慰地笑了，轻轻地摸了摸灿宇的头。

"爸爸也想过要赚大钱，但光想那些是不对的。很多时候，爸爸也很累、很委屈，也想过自己为什么要这么过日子。但看着你和英珠一天天地长大，我也总算明白，辛苦工作换来的不是钱，而是你们，这是爸爸的福气。"

爸爸没有再说话，能和爸爸这样肩并肩走着，灿宇就觉得很满足了。

晚饭的时候，爸爸喝了灿宇买的酒，早早就躺下了。爸爸脸上的表情很平静，暂时结束了辛苦的工作，能在家里好好地休息上一阵，爸爸心里应该是幸福的吧。爸爸的指节僵硬，手上的皮肤像干裂的树皮一样粗糙，失去手指的部位光秃秃的，显得十分突兀。灿宇盯着爸爸的手，看了许久。

这些日子，爸爸一直都在店里忙活。就算下雪，寒风快要吹透门板，爸爸也只是生起炉子，安安静静地装着自行车。

每天放学回家，灿宇都会先去店里，跟爸爸说说学校的事儿。爸爸总是只看看灿宇，不说任何话。

　　"今天，我填了中学志愿书。"

　　听到这句话，爸爸点了点头。

　　雪从一大早就开始下了，到了下午，变成了鹅毛大雪。农田完全被雪覆盖，成了白茫茫的一片。风吹起了田野树间的白雪，整个世界都好像是有白色蝴蝶在飞舞。

　　灿宇望着窗外的雪花，爸爸的身影出现在了大门口。

　　除了双脚，爸爸全身都覆盖着白雪。爸爸是骑着车回来的。

　　就是那辆这段时间爸爸一直在精心组装的自行车。

　　"喜欢吗?"

　　爸爸笑着拍了拍车座，灿宇心里的小宇宙爆发了。

　　骑上爸爸的自行车，灿宇感觉像要飞起来。这就是爸爸的生活啊，支撑着儿女，不辞辛苦，自己却一天天变老的生活。

　　大雪还在下着，灿宇的眼前一片灰蒙蒙，只看见有

许多的白蝴蝶，簇拥着那辆蓝色自行车，向天空飞去。